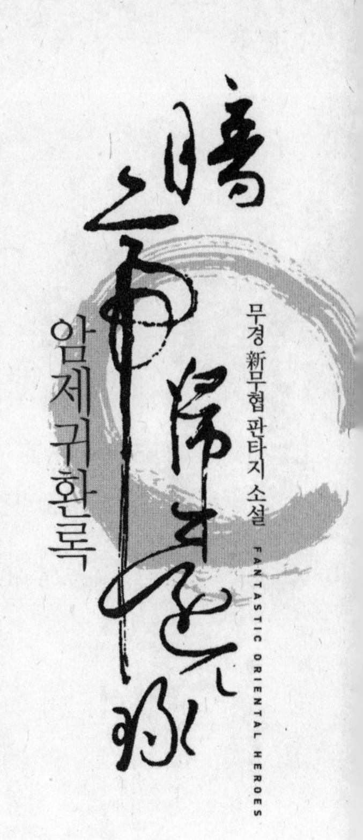
무경 新무협 판타지 소설
암제귀환록
FANTASTIC ORIENTAL HEROES

암제귀환록 4

무경 新무협 판타지 소설

초판 1쇄 찍은 날 § 2014년 8월 18일
초판 1쇄 펴낸 날 § 2014년 8월 21일

지은이 § 무경
펴낸이 § 서경석

편집부장 § 권태완
편집책임 § 정수경

펴낸곳 § 도서출판 청어람
등록번호 § 제387-1999-000006호
등록일자 § 1999. 5. 31
어람번호 § 제2-2529호

주소 § 경기도 부천시 원미구 부일로 483번길 40 서경B/D 3F (우) 420-822
전화 § 032-656-4452 팩스 § 032-656-4453
http://www.chungeoram.com
E-mail § chungeorambook@daum.net

ISBN 979-11-316-9160-1 04810
ISBN 979-11-316-9054-3 (세트)

암제귀환록

무경 新무협 판타지 소설

FANTASTIC ORIENTAL HEROES

4

암제귀환록

1장

무간풍진도

서아현은 나직이 심호흡을 했다.

통천각 내부.

눈앞에는 지하로 향하는 계단이 놓여 있었다.

현재 그녀의 신분은 통천각 이급 요원.

지금은 비번인 상태로, 표면적으로는 부상자 명단에 올라 있었다.

지난번 여남에서의 일로 인한 것이었다.

자청우를 비롯한 요원 중 상당수가 죽임을 당했고, 그에 대한 정보는 존재하지 않았다.

자청우가 심복들만 데리고 갔다가 변을 당한 까닭이었다.

기실 그 일은 암제와 내통한 서아현을 처리하기 위한 것이었지만, 그들 모두가 현월에게 제거당해 버렸다.

때문에 그날의 일은 결과적으로 오리무중에 빠져 버리고 말았다.

그녀는 다시 한 번 크게 숨을 내쉬었다.

'우선은 무간풍진도의 진위 여부부터 가려내야 해.'

희대의 기인 궁황이 남겼다는 궁극의 절진.

무간풍진에 대한 진도가 남아 있다는 것은 우연궁이 현월에게 말해준 사실이었다.

엄밀히 말하면 풍문 수준에 지나지 않았지만.

어쨌든 현월은 그것을 구해다 주겠노라 약조했고, 서아현에게 한 가지 계획을 일러주었다.

그녀는 지하로 향하는 계단을 걸어 내려갔다.

계단은 나선형으로 이어져 있었다.

중원의 건축 양식을 생각한다면 굉장히 특이한 경우였다.

'이곳을 만든 사람은 중원 바깥에 대해서도 지식이 풍부한 모양이야.'

물론 그녀는 이곳의 설계자에 대해 잘 알고 있었다.

현월이 얘기해 준 까닭이었다.

그걸 떠올리니 새삼 긴장감이 찾아들었다.

'설마 이곳을 만든 자가 군사였다니. 게다가…….'

그는 본디 혈교의 일장로였다.

현월이 일러준 이야기는 그야말로 충격의 연속이었다.

대체 그가 어찌 그 사실을 알아낸 것인지는 더 큰 의문이었지만.

이러나저러나, 결국 그녀로서는 현월과 같은 배를 탄 입장.

이미 목숨까지 한 차례 구명받은 이상은 그의 말을 믿을 수밖에 없었다.

지하 서고 자체는 통천각의 모든 요원에게 개방되어 있다.

그러나 그것은 서고 일 호실과 이 호실까지에만 한정된 것.

삼 호실은 철저한 금지 구역이었다.

무려 서고 내 절반 이상을 이용할 수 없었던 것이다.

'그 사람의 말로 무간풍진도가 있을 곳은 아마 삼 호실이라고 했지?'

그것까지는 서아현 역시 충분히 알 만한 사실이었다.

그 정도 되는 물건이 일, 이 호실에 덩그러니 방치되지는 않았을 테니까.

그렇다면 결국 남는 것은 한 곳뿐이었다.

'바로 여기.'

그저 삼이라는 숫자만이 문 위쪽에 담백하게 쓰여 있는 방.

지하 서고의 삼 호실.

그녀에겐 금단의 구역인 곳이었다.

문은 활짝 열려 있었다.

어차피 안쪽에 경비들이 있기 때문일 터.

최소한 대주급 이상이어야만 들어갈 수 있는 곳.

서아현은 그 안으로 걸음을 내딛었다.

"죽고 싶은가."

삼 호실에 들어서자마자 어둠 속에서 들려온 목소리.

기척조차 느끼지 못했기에 서아현은 흠칫 놀랄 수밖에 없었다.

"정체를 밝혀라."

나직하면서도 사무적인 목소리였다.

서아현은 마음속으로 셋을 센 다음에 대답했다.

최대한 목소리가 평온하게 느껴지길 기도하며.

"통천각 이급 요원 서아현입니다."

"이곳은 개방되지 않은 구역이다. 통천각 요원이라면 잘 알고 있을 텐데?"

"군사님의 심부름으로 왔습니다."

짤막한 침묵이 이어졌다.

그리고 다음 순간, 차가운 감촉이 서아현의 목덜미에 닿았다.

"개수작을 부리는군. 그분께서 네깟 계집을 심부름 보내셨다고?"

"부각주님과 자청우 선배께서 돌아가신 까닭에, 통천각 내에서 그분을 보좌할 사람이 없어져 버렸습니다. 그래서 친히 제게 말씀을 내리신 겁니다."

"다른 요원들도 많거늘, 하필 이급 말단인 네년에게 부탁을 하셨다는 것이냐?"

서아현은 준비해 두었던 말을 꺼냈다.

현월이 그녀에게 일러주었던 말이었다.

"그중에 혈교 도래의 뜻을 함께 하는 요원은 저뿐이니까요."

"……."

천 년과도 같은 시간이 흘렀다.

서아현은 자기 목소리가 혹여나 떨리진 않았을지, 다음 순간 칼날이 목을 가르는 건 아닌지 걱정했다.

만약 상대방이 혈교도가 아니라면 그녀는 죽는다.

무림맹의 방침상 혈교도는 상황을 불문하고 즉시 처형하는 게 가능했기 때문이다.

설령 상대방이 혈교도라고 해도, 그녀의 거짓말이 간파당하면 역시나 죽는다.

얼마나 시간이 흘렀을까?

건조한 목소리가 되돌아왔다.

"증명해 보아라."

미심쩍은 기색이 담긴 목소리였다.

하기야 그녀가 상대방의 입장이더라도 같은 반응일 터였다.

서아현은 목소리가 갈라지거나 떨리질 않길 바라며 침착하게 대답했다.

"…혈마천세."

이 역시 현월이 가르쳐 준 단어였다.

"……."

또다시 억겁 같은 시간이 흘렀다.

서아현은 자기도 모르게 손끝이 허벅지 쪽으로 향하는 걸 느꼈다.

만약 들통이 난 거라면 어떻게든 선제공격에 나서야 했다.

목덜미에 닿아 있던 칼날이 치워졌다.

"…너 같은 계집이 새로 들어왔다는 얘기는 듣지 못했는데."

여전히 의심의 부스러기가 남아 있는 목소리였다.

그래도 칼을 치운 걸 보면 최악의 상황은 넘겼다고 봐도 좋을 듯했다.

"새로 들어온 게 아니에요. 원래부터 있었는데 내색을 안 했을 뿐이지."

“그래서 이상하다는 거다. 일장로께서는 내게 네 이름이나 신상 같은 것은 귀띔해 주지 않으셨다.”

“일장로께서 당신한테 무엇이든 가르쳐 줘야 하는 분인가요? 그분이 가르쳐 주지 않으신 건 그럴 만한 이유가 있기 때문이에요.”

“그럴 만한 이유?”

“자청우 선배가 왜 죽었다고 생각해요? 그리고 내가 그곳에서 어떻게 살아남았다고 생각해요?”

“…네가 만약을 위한 예비품이어서?”

“그래도 머리는 제법 돌아가는 편이군요.”

약간은 위험한 언행이었다.

자칫하면 상대방의 자존심을 자극할 수도 있었으니까.

그래도 이 정도로 강하게 나가줘야 했다.

그래야만 상황을 주도할 수 있고, 뭔가 있다는 느낌을 주어 의심의 싹을 미연에 방지할 수 있기 때문이다.

상대방, 아마도 삼 호실의 문지기로 보이는 자는 나직이 투덜거렸다.

“이번 심부름꾼은 꽤나 건방지구먼. 뭐, 좋다. 일장로님의 명령이라 하니. 그런데 찾으려는 게 뭐지?”

“그걸 함부로 얘기하고 다닐 수 있다면 일장로님의 명령이 아니겠죠?”

"…좋다. 들어가도 좋아. 하지만 허튼짓을 할 생각일랑 말아라."

"일장로님 무서운 건 댁보다 제가 더 잘 알아요. 걱정 마시죠."

서아현은 안으로 걸어 들어갔다.

다리의 후들거림이 제발 눈치채이지 않기만을 바라며.

서고 삼호 실의 천장에는 미약한 빛을 내뿜는 야명주가 박혀 있었다.

거기에 통천각 요원으로서의 안력이 더해지니, 대략적인 글씨쯤은 파악할 정도가 되었다.

'어디서부터 시작하지?'

이제부터는 시간 싸움이다.

서아현은 침착하게 책장들을 돌아보았다.

다행히 문서들은 종류별로 분류되어 있었다.

그녀는 곧장 진법서가 꽂혀 있는 책장 쪽으로 향했다.

'어디에 있을까?'

책장이 다 소화해 내지 못해 그 앞으로 문서 뭉치들이 쌓여 있었다.

일일이 찾아보다간 한나절이 걸려도 끝나지 않을 터.

그녀에게 그만큼의 여유는 허락되지 않았다.

일단은 책장을 살폈다.

다행히 각 문서마다 바깥 부분에 제목이 기재되어 있었다.

그 하나하나를 일일이 살펴보았다.

책장 하나 분량을 끝마치는 데만도 이각 가까운 시간이 걸렸다.

그리고 남은 책장은 최소 스무 개.

"……."

이래서는 정말 끝이 없으리라.

그때 근처에서 목소리가 들려왔다.

"어디 있는지 잘 모르겠나?"

오싹!

서아현은 하마터면 비명을 지를 뻔했다.

목소리의 주인이 조금 전의 문지기라는 것을 깨닫는 데엔 어느 정도의 시간이 필요했다.

"노, 놀랐잖아요."

"그렇게 겁이 많아서야 협교천하에 보탬이나 되겠나? 이래서 어린 것들은."

"어려서 정말 죄송하군요. 어쨌든, 방금 전에 뭐라고 하셨죠?"

"어디 있는지 잘 모르겠냐고 물었다."

서아현은 긴장했다.

"그건… 왜 물으시죠?"

"내가 찾아줄 수 있을지도 모르니까."

"네?"

얼굴 모를 경비가 태연히 대꾸했다.

"내가 이곳 삼 호실의 경비만 몇 년을 섰는지 아나? 족히 이십 년은 됐을 거다. 이곳은 그야말로 나의 집이나 다름없는 곳이야."

"…정말인가요?"

"거짓말을 할 게 없어서 이런 걸로 할까?"

그래도 서아현으로서는 쉽게 마음이 놓이지 않았다.

이자가 갑자기 무슨 바람이 불어 그녀에게 호의를 베푼단 말인가?

하지만 다르게 생각해 본다면 그런 게 아님을 알 수 있었다.

그는 그녀에게 호의를 베풀려는 게 아니라, 그저 유설태에게 점수를 따려는 것인 듯했다.

거기까지 생각이 미치니 자연히 대답할 말도 떠올랐다.

"도와주시면 일장로님께 잘 말씀드릴게요."

"눈치는 제법 있는 편이군."

경비의 목소리는 만족스러운 기색이었다.

"그래, 무얼 찾으려는 거지?"

"…무간풍진이란 진법을 기록해 놓은 진도를 찾고 있어요."

"무간풍진도? 예전에 보았던 것 같은데."

"정말인가요?"

"그래. 하지만 일장로님께서 그걸 왜 찾으시는 거지? 그분의 머릿속엔 이미 강호에 존재하는 거의 모든 진법과 기관진식에 대한 지식이 있을 텐데."

"…일장로님께 잘 보이고 싶은 건 알겠는데, 과장이 심하신 거 아니에요?"

"이래서 어린 것들은."

경비가 끌끌 혀를 찼다.

"우리 혈교가 무림맹을 내부에서부터 휘어잡게 된 것도 모두 일장로님의 혜안 덕분이었다. 그분의 심계가 얼마나 넓고 깊은지는, 네 머리로는 도저히 이해할 수도 없을 게다."

"…어쨌든 찾아줄 수 있어요?"

"정말 일장로님께서 가져오라고 하신 게 맞는 것이냐? 설마 거짓말을 하는 건 아니겠지?"

서아현은 재차 긴장했다.

지금 실수라도 한다면 그동안의 모든 게 물거품이 될 터였다.

"일장로님께선 요새 들어 새로운 절진을 개발하신다고 분주하세요. 그 와중에 예전에 보아두셨던 무간풍진을 떠올리셨고, 그것과 대조해 보실 게 있다고 저를 대신 보낸 거예요."

"새로운 절진을?"

"여남에서 부각주… 아니, 관 장로님께서 살해당하신 게 아마도 절진과 관계가 있는 듯해요."

그야말로 아무렇게나 끼워 맞춘 설명이었다.

어차피 경비 입장에선 자세한 사정 따윈 알지 못할 테니, 그럴싸하게 느껴지게끔 떠든 것뿐이었다.

다행히 경비는 그녀의 설명을 납득한 모양이었다.

"하긴, 오래전에 들었는데 여남에는 강호 제일의 진법사가 있다고 하더군. 설마 관 장로께서 놈에게 당한 것이었다니……."

"이제 이해했어요?"

"그래."

"그럼 좀 도와주세요. 저 혼자 찾다간 오늘 내로 못 돌아갈 것 같아요."

"비켜봐라. 분명 이 근처에 있었던 걸로 기억하니까."

경비가 그녀를 슬쩍 밀쳤다.

스쳐 지나가며 확인해 보니, 혈교도라는 게 믿기지 않을 만큼 순박한 얼굴이었다.

하긴 생각해 보면 다른 이들도 마찬가지였다.

자청우야 원래부터 성깔 더러워 보였지만, 관수원이나 유설태는 그야말로 선풍도골의 외관을 지니고 있었던 것이다.

그간의 사정을 모른 채, 그들이 혈교도란 얘기를 들었다면 헛소리하지 말라고 면박을 줬을 것이다.

'이 사람 역시 마찬가지겠지.'

서아현은 마른침을 꿀꺽 삼켰다.

'대체 얼마나 많은 혈교도가 무림맹 안에 침투해 있는 걸까?'

새삼 오싹해지는 기분이었다.

혈교의 멸망 이래 그 많던 혈교도는 모조리 자취를 감추었다.

하나 그 당시엔 다들 별 걱정을 하진 않았다.

힘이라는 건 결집됐을 때나 발휘되는 것이라고, 뿔뿔이 흩어진 무리의 힘이란 별것 없으리라고 지레짐작한 것이다.

거기에 더하여, 그들이 숨어봐야 끽해야 암흑가가 아니겠나 하는 생각까지 있었다.

하지만 아니었다.

혈교도들은 오래전부터 철저한 준비 하에 무림맹으로 스며든 것이었다.

아무도 모르게, 너무나 자연스럽게 말이다.

그 결과가 지금의 이것.

무림맹 최고의 첩보 집단이라 불리는 통천각조차 혈교라는 독극물에 의해 오염되어 있었다.

각주는 허수아비에 부각주와 최고 요원이 혈교도인 상황.

관수원과 자청우를 제외하더라도 얼마나 많은 혈교도가 있을지 상상조차 가질 않았다.

"여기 있군."

경비의 목소리에 서아현은 상념에서 깨어났다.

"찾았어요?"

"이거 아닌가? 분명 무간풍진이라 쓰여 있는데."

서아현은 경비가 건넨 서책을 받았다.

백지 위로 대강 휘갈긴 필체로 무간풍진이란 네 글자가 쓰여 있었다.

그 아래로 자그맣게 적혀 있는 이름.

궁황.

분명했다.

이것이야말로 우연궁이 얻길 바라고 현월이 찾아다 주기로 한 무간풍진도였다.

'생각보다 너무나 허무하게 찾아냈는걸?'

서아현은 맥이 탁 풀리는 기분이었다.

설마 이렇게까지 간단히 찾아내게 될 줄이야.

"그게 맞나?"

"네, 고마워요."

"영양가 없는 인사는 됐고, 일장로님께 잘 말해주기나 하라고. 나도 이참에 몸 좀 쓸 수 있는 곳으로 발령받고 싶으니."

"최대한 잘 말씀드리죠. 그분께서도 만족하실 거예요. 그럼."

간단히 목례를 한 서아현이 경비를 지나쳐 걸어갔다.

그때 경비가 그녀를 돌아보며 나직이 물었다.

"미우는 잘 지내나?"

멈칫.

서아현의 등허리로 식은땀이 쏟아졌다.

'미우?'

모르는 이름이었다.

대체 무엇을 가리키는 단어인지 알 수가 없었다.

그렇다고 잘 모른다고 대답했다간 의심을 살 터였다.

'뭐라고 대답해야 하지?'

잘 지내냐고 물었으니 잘 지낸다고 대답하면 그만이다.

그러나 과연 그럴까?

'함정일 수도 있어.'

어쩌면 아무 의미 없는 단어일 수도 있다.

그런데 잘 지낸다고 대답한다면?

역시나 의심을 사게 될 터였다.

그렇다고 대답하지 않은 채 침묵하고만 있으면, 그 역시 의심을 살 일이었다.

서아현은 이를 악물었다.

더 이상 시간을 끌 수는 없었다.

어느 쪽이 되었든 한 가지를 선택해야만 했다.

"…자꾸 놀아달라고, 얼마나 칭얼대는지 모르겠어요."

최대한 평온을 가장한 채 대답했다.

약간의 침묵 뒤로, 경비가 킥킥 웃는 소리가 들렸다.

"이따금 통천각에 올 때면 각주가 머리 아파하지. 머리끝이 허리에도 안 닿는 꼬맹이가 군사님이 이러랬어요, 군사님이 저러랬어요 하고 맹랑하게 떠들어대거든. 하긴 그것도 다 각주가 무능한 탓이겠지만."

서아현은 내심 안도의 한숨을 쉬었다.

이번에도 현월에게 들었던 말을 기억해 낸 덕분이었다.

현월의 말로는, 유설태는 어린아이 여럿을 가까이에 두고 귀여워한다고 했던 것이다.

놀랍게도 그 귀여워한다는 말의 의미는 완전히 순수한 것이었다.

부모가 자식을 귀여워하듯, 어른이 아이를 귀여워하듯.

"어쨌든 그 아이에게 잘 대해주게."

경비가 잠시 침묵하다가 덧붙이듯 말했다.

"장차 암후(暗后)로 길러질지도 모르는 아이니까."

"…암후라고요?"

자기도 모르게 반문을 뱉고 말았다.

아차 싶었던 서아현이 손으로 입을 막았으나 이미 엎질러진 물이었다.

다행히 경비는 그다지 이질감을 느끼지 못한 모양이었다.

"뭐야, 아직 못 들었나? 그러면 됐다."

"뭐예요. 말하다 마는 건."

"네 입으로 말하지 않았던가? 일장로께서 말씀하시지 않은 건 다 이유가 있기 때문이라고."

"그건 그렇네요. 그럼 제 나름대로 한번 추측해 보죠."

"미우에게 말하지는 말라고. 자칫하면 대계를 망치게 될 수도 있으니."

"그 정도 눈치는 저한테도 있어요."

어차피 그 아이가 누군지도 모르니 말할 일도 없다.

애초에 그녀는 여길 나가는 대로 무림맹을 떠날 계획이었고.

"그럼 수고하세요."

인사를 남긴 서아현이 바깥으로 걸음을 재촉했다.

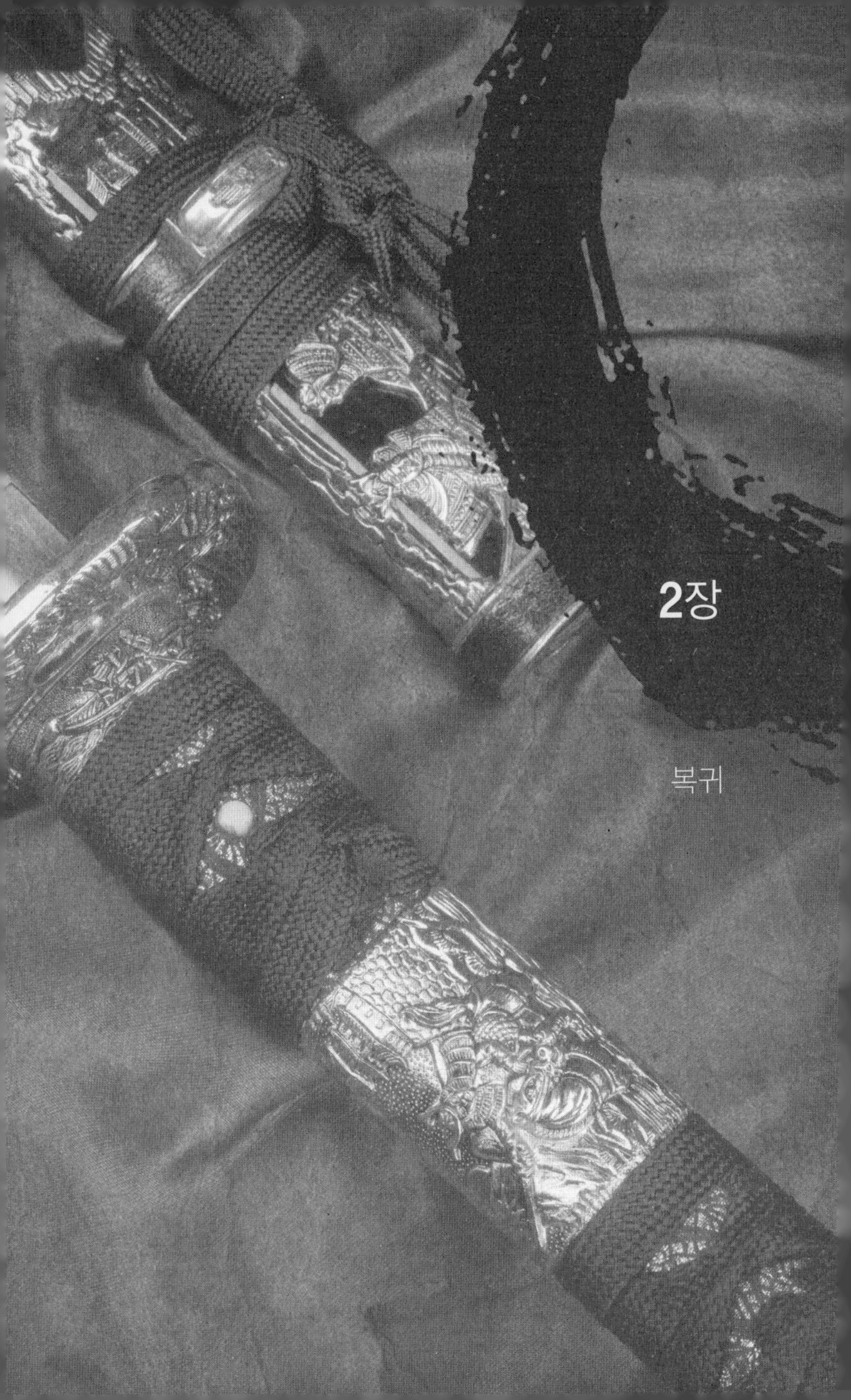

2장

복귀

현월은 전방을 응시했다.

햇살이 쨍쨍한 대낮이었다.

구름 한 점 없는 하늘 아래, 청명한 바람이 불어 땀에 젖은 상체를 식혀주었다.

검을 느릿하게 움직였다.

거의 움직이지도 않는다는 느낌이 들 정도의 속도로.

잠자리 하나가 요란하게 날아들어선 칼날 끝에 앉았다.

현월은 그대로 검을 조금씩 횡으로 움직였다.

보는 이로 하여금 하품이 나오게 할 만한 광경이었다.

거의 목석이나 다름없는 사람. 칼끝에 앉아 다리를 비비고 있는 잠자리.

그러던 어느 순간.

현월은 검병을 쥔 손에 힘을 주었다.

파삭!

잠자리가 그대로 터져 나갔다.

완전히 가루가 되어 흩날리는데, 그 외의 모든 것은 여전히 정지된 채였다.

"그게 바로 정중동(靜中動)의 묘리라는 건가요?"

현월은 검을 거두었다.

멀찌감치 떨어진 곳에서 유화란이 바라보고 있었다.

"허창에 갔을 적에도 느낀 거지만, 당신 참 신기한 것 같아요."

"어떤 게 말이오?"

"처음 봤을 때랑 지금이랑은 천양지차잖아요? 그땐 녹림도 무리를 상대하는 것만으로도 사경을 헤맸었는데 지금은……."

"그건 소저도 마찬가지지요."

"놀리지 말아요. 재능 없다는 말로만 들리니까."

현월은 쓴웃음을 지었다.

하기야 그녀가 보기엔 현월의 성장세에 질투가 날 만도

했다.

예전까지는, 최소한 사룡방이 남아 있던 때까지만 해도 그녀와 현월 간의 격차는 그렇게까지 큰 편이 아니었으니까.

하나 그것은 현월이 이미 이십 년도 더 된 오랜 수련을 쌓아왔기 때문이다.

더군다나 셀 수도 없을 만큼의 살행은 그에게 막대한 경험이 되었다.

암흑가 출신이라 한들 생사결의 경험 자체는 다섯 번이 채 되지 않을 그녀와는 그 경험의 격부터가 다르다 할 수 있었다.

문제는 그걸 설명할 자신이 없다는 거였지만.

"그런데, 무슨 일이오?"

결국 화제를 다른 쪽으로 돌렸다.

유화란 역시 그에 따라 말을 꺼냈다.

"제갈 공자한테서 전갈이 왔어요. 꽤나 급한 모양이던데요?"

"알겠소. 바로 찾아가야겠군."

현검문주의 아들이란 입장상 현월은 대놓고 암월방을 찾아가기 어려웠다.

물론 그의 잠행술이라면 어지간해선 꼬리를 밟힐 일이 없을 테지만, 그래도 만약의 경우란 게 있는 법이었기에 신중해야 했다.

때문에 유화란이 두 사람 사이의 전달자 역할을 하고 있었다.

본디 암흑가 출신인 그녀가 암월방을 찾아가는 것은 그다지 어색해 보이지 않았던 것이다.

현월은 우선 여남 시내로 향했다.

그곳 구석에 위치한 폐가에서 흑의로 환복하고는 복면을 얼굴에 둘렀다.

그런 다음 곧장 암흑가에 있는 암월방의 본채로 향했다.

제갈윤의 얼굴은 흙빛이었다.

"유성문이 움직인다고 합니다!"

"유성문이? 왜?"

"듣기로는 무림맹으로부터의 밀서가 내려온 모양입니다. 아마도 둘 사이에 뭔가 은밀한 합의가 있었던 것 같습니다."

그것만으로도 충분했다.

현월은 대강 무슨 말이 오갔을지 머릿속에 떠올릴 수 있었다.

"유성문이 바라는 것을 주기로 한 모양이군."

현재의 유성문, 나아가 허창연맹이 바랄 만한 것은 하나뿐이다.

정파의 중심인 무림맹의 인정.

허창연맹은 명실 공히 정파의 신성으로 떠오르게 될 터였다.

명분, 그리고 명성이란 것은 눈에 보이지 않는 것이기에 과소평가를 당할 때가 많다.

하나 그런 것들이야말로 의외의 곳에서 효과를 보이거나 발목을 잡게 되는 것이 사실이었다.

아마 유백신은 뇌물까지도 생각해 두고 있었을 터.

그런 마당에 무림맹 측에서 거래를 제안해 왔으니, 기쁜 마음으로 승낙했으리라.

"아마도 그 조건이란 건……."

현월이 피식 웃으며 말을 이었다.

"암월방의 소멸이겠지?"

"웃고 계실 때가 아닙니다! 허창의 무인들이 움직이게 된다면 막을 도리가 없게 됩니다."

암월방은 이제 갓 싹을 틔운 상태.

아직 여남 내 암흑가를 완전히 평정했다고 보기도 애매했다.

물론 현월, 아니, 암제의 위명은 그야말로 무시무시했다.

암제란 이름이 지닌 공포는 여남의 무인들의 골수에까지 각인되어 있을 지경이었다.

하나 그것은 암제의 것.

암월방의 것이라고 볼 수는 없었다.

그 차이는 생각보다도 컸다.

"암월방이 사룡방, 은호방 수준으로 뿌리를 내리려면 못해도 석 달은 필요합니다. 그 정도만 된다면 유성문뿐 아니라 허창연맹 자체가 몰려오더라도 해볼 만한 싸움이 되겠죠."

"그들이 언제쯤 오게 될까?"

"늦어도 한 달 내에 올 겁니다."

제갈윤이 약간 자신 없는 투로 덧붙였다.

"어쩌면 현검문에 협력을 요청할지도 모르고요."

"흠."

아마도 그럴 확률은 매우 높을 것이다.

이미 현월은 한 차례 유백신에게 빚은 진 상황이었으니까.

물론 유백신의 성격상 대놓고 빚을 갚기를 요구하진 않을 것이다.

그렇다 하여 대놓고 무시하고 말 현월도 아니었지만.

'뭐, 꼭 이번 일을 돕는 것만이 빚 갚는 길은 아닐 테니까.'

애초에 왼팔로 오른팔을 때리는 짓이다.

암제도 현월이거늘, 현월이 앞장서서 암월방을 공격하는 짓을 할 수 있을 리는 없었다.

"그 정보의 출처는?"

"하오문입니다. 묻지도 않았는데 먼저 알리고 나온 것을 보면, 신뢰도가 못해도 상급 이상이라는 소리입니다. 어지간해선 틀리지 않는다는 뜻이죠."

"그렇군."

현월은 턱을 괴었다.

제갈윤은 불안한 듯 자꾸만 손바닥으로 옷자락을 비벼댔다.

"젠장. 무림맹에선 왜 이리 암월방을 못 잡아먹어서 난리랍니까? 설마 암제 님께서 자청우를 처리한 걸 알아챈 걸까요?"

"혐의 정도는 두고 있겠지. 꼭 그 이유 하나 때문이진 않겠지만."

"…또 무슨 일을 벌이신 겁니까?"

현월은 어깨를 으쓱였다.

구태여 관수원에 대한 얘기를 할 필요는 없어 보였다.

제갈윤쯤 되는 두뇌라면 정황만 놓고 봐도 대강 유추해 낼 수 있을 테고.

"어쨌든 대책이나 생각해 둬. 불안해하고만 있어 봐야 나아지는 것은 없으니까."

"암제 님은 두렵지 않으십니까?"

"딱히."

현원은 대수롭지 않다는 투로 대꾸했다.

"이 정도 위기쯤은 이전에도 몇 번이나 넘겨보았으니까."

"…뭐 좋은 방법이라도 있으십니까?"

"글쎄. 우선은 유백신부터 만나봐야겠지. 네가 입수한 정보대로라면 그는 이참에 허창뿐 아니라 여남까지 손에 넣으려 할 텐데."

"그건… 그렇겠지요."

"어쨌든."

현월은 제갈윤의 어깨를 두드렸다.

"너무 불안해하고만 있지는 말라고. 암월방의 두뇌인 네가 흔들리면 암월방 전체가 흔들리게 된다."

"…알겠습니다."

* * *

서아현이 복귀한 것은 이레 뒤의 일이었다.

그녀는 밤낮을 가리지 않고 달려온 모양인지, 암월방 장원에 도착하자마자 그대로 졸도해 버렸다.

현월은 그녀의 손에 들린 서책을 확인하고는 고개를 끄덕였다.

무간풍진도.

그녀는 임무를 무사히 마친 것이다.

우선은 서책을 회수한 다음 그녀를 안채에 눕혔다.

의원을 수배해 그녀의 상태를 살피게 한 다음 우연궁의 집으로 향했다.

이번엔 저번과 달리 기관진식의 환대는 없었다.

지난번에 현월이 파괴해 버린 게 아직 복구되지 않은 모양이었다.

문을 두드리니 얼마 지나지 않아 우연궁이 고개를 내밀었다.

"무슨 일이오?"

대놓고 귀찮아하는 기색.

만난 뒤로 그리 오랜 기간이 흐른 것도 아니니, 설마 벌써 무간풍진도를 손에 넣었을 리는 없다고 생각하는 듯했다.

현월은 말없이 서책을 내밀었다.

"그게 뭐요?"

"무엇일 것 같소?"

우연궁은 서책과 현월을 번갈아 쳐다봤다.

"…설마?"

"진위 여부는 확인하지 못했소만, 통천각 서고에 있던 게 그것인 것은 확실하오."

우연궁은 낚아채다시피 하여 무간풍진도를 가져갔다.

서책의 표지를 보는 그의 얼굴이 환희로 물들었다.

“저, 정말 존재하는 것이었다니……!”

“내용물을 확인해 보려면 시간이 필요할 테지. 며칠 뒤에 다시 찾아오겠소.”

“고맙군. 찾아가는 건 내 쪽에서 하리다.”

그 말을 끝으로 문을 닫아버리는 우연궁이었다.

거의 문전박대나 다름없는 반응이었지만, 어차피 예상했던 바였기에 현월은 미련 없이 몸을 돌렸다.

서아현은 이틀 뒤에야 깨어났다.

“여기는…….”

힘없이 중얼거리는 그녀에게 현월이 대답했다.

“암월방의 장원이오.”

“…제대로 찾아왔군요.”

나직이 탄식을 뱉는 그녀였다. 현월은 피식 웃고야 말았다.

“의원 말로는 기력이 쇠할 대로 쇠했다더군. 식음도 전폐하고 달려온 것이오?”

“잡히면 곱게 죽지는 않았을 테니까요. 다른 것도 아니고 혈교도를 사칭한 거잖아요? 게다가 훔쳐 나온 물건도 물건이니…….”

“수고했소.”

짤막한 말이었지만 고마움이 잔뜩 담겨 있는 어조였다.

서아현은 피곤한 와중에도 약간의 성취감을 느꼈다.

"저, 보호해 줄 수 있죠?"

"물론."

역시나 짤막한 대답.

그럼에도 서아현은 안심할 수 있었다.

아마도 현월의 실력을 이미 한 차례 목도했기 때문이리라.

현월이 나직이 물었다.

"추격자는 없었소?"

"아마도 없었을 거예요. 꽤나 중요한 물건을 훔쳐서 나온 건데, 딱히 뒤쫓아 오는 무리는 없었던 것 같아요."

"그럴 테지."

어딘지 모르게 미묘한 어조였다.

서아현이 의아해하며 쳐다보니, 현월이 나직이 덧붙였다.

"삼 호실은 통제된 세 개의 방 중에서도 가장 가치가 떨어지는 문서들을 모아놓은 곳이오. 영, 일, 이 호실에 비하면 귀중하다고 할 수 있겠지만."

"그런… 그래도 저 유명한 궁황이 남긴 물건이잖아요. 보통 보물이 아닐 텐데요?"

"둘 중의 하나일 거요. 저들이 무간풍진도라는 것의 가치를 알아보지 못했거나, 무간풍진도의 가치가 생각보다 떨어지거나."

현월은 내쳐 말했다.

"유설태의 성격을 생각해 보자면 아마도 후자일 테지."

"그럼 제가 헛수고를 했단 말이에요?"

"그렇지는 않소. 우연궁의 조건은 무간풍진도 자체였으니까. 그것의 실제 가치가 어느 정도인지와는 별개로 말이오."

"그나마 다행이군요."

서아현은 나직이 한숨을 쉬었다.

"그곳 경비에게서 이상한 얘기를 들었어요."

"이상한 얘기?"

잠시 주저하던 그녀가 말했다.

"혹 암후에 대해 알고 있나요?"

"……."

현월의 눈빛이 깊어졌다.

실로 오랜만에 듣는 이름이었던 까닭이다.

'나를 대신할 적합자를 찾아낸 건가?'

기실 암천비류공의 전수자로 선택됐던 것은 현월 한 명만이 아니었다.

엄밀히 말하자면 현월은 수없이 많은 적합자 중 하나에 불과했다.

선천적으로 타고난 체질을 지닌 자.

유설태는 그런 이들을 엄선하여 비밀리에 암천비류공을 전수시켰다.

현월이 알기로는 유설태가 그를 거두기 이전에 이미 백 단위의 전수자들이 존재했다.

그리고 그중 성공한 경우는 단 하나뿐이었다.

'나를 제외한 모두가 미치거나 주화입마에 빠져 버렸었지.'

소수이긴 해도 현월과 같은 시기에 암천비류공을 익히던 이들이 있었다.

그 연령대는 현월과 비슷한 또래에서부터 코흘리개 어린 애까지 실로 다양했다.

최연장자가 마흔 줄의 중년인이었고, 최연소자가 일곱 살짜리 코흘리개였다.

그들 중 상당수는 현월이 보는 앞에서 고통스럽게 죽어 갔다.

"이들의 희생은 결코 헛된 것이 아니다."

유설태는 입버릇처럼 그렇게 말하고는 했다.

실제로 그는 적합자들의 시체를 일일이 정성스럽게 매장시켜 주었었다.

당시의 현월로서는 그가 정말 이들에게 애정을 가졌었구

나 하고 생각할 수밖에 없었다.

'하지만 아니었지.'

지금 와서 생각해 보면, 유설태가 말한 희생이란 결국 혈교를 위한 희생에 지나지 않았다.

그는 애초부터 현월을 비롯한 적합자들을 이용하려던 것뿐이었다.

"알고 있군요."

서아현의 말에 현월은 상념을 지웠다.

"뭐라고 했소?"

"암후에 대해 알고 있죠? 표정만 봐도 알 수 있어요."

서아현이 진지한 얼굴을 했다.

"알고 싶어요. 들려줬으면 좋겠어요."

목숨까지 걸었으니 이쯤은 들어도 되지 않겠냐는 태도.

비록 입 밖으로 꺼내지는 않았다지만 그녀의 생각이야 뻔한 것이었다.

현월은 작게 한숨을 쉬었다.

"암황에 대해선 알고 있소?"

"들은 기억은 있어요."

서아현은 자신 없는 태도로 대답했다.

"아주 오래전, 혈교의 조사인 혈무진왕을 도왔다는 무림 역사상 최고의 암살자. 맞죠?"

“상당 부분은. 하지만 그는 엄밀히 말해 암살자는 아니었소.”

“암살자가 아니었다고요?”

“최고의 암살이 무엇이라 생각하오?”

“그야…….”

서아현은 머뭇거렸다.

“암살이 있었다는 것을, 다른 이들이 깨닫지도 못하게 죽이는 것? 흔적도 없이 한 사람을 말소해 버리는 것? 아마도 그런 것 아닐까요? 그, 있잖아요. 며칠에 걸쳐 연못 아래에서 기다리고 있다가 암살 대상이 지나가는 순간에 튀어나와 단칼에 베어버린다든가…….”

“엄밀히 말하면 그런 종류의 암살은 부족한 무력을 다른 방법을 통해 충당하는 것에 지나지 않소. 그런 기준에서 봤을 때, 암황은 훌륭한 암살자라고 하기엔 많이 부족했지.”

“그런가요?”

“그는 정체를 숨긴다거나 하지 않았소. 그저 자신을 본 사람을 하나도 남김없이 죽여 없앴을 뿐이지. 그는 암살 대상의 집에 몰래 숨어들어 가지도 않았소. 정문으로 당당히 들어가 정문으로 당당히 걸어 나왔지.”

“…정말로요?”

“독이나 암기를 쓴 것도 아니었소. 장검 한 자루만으로 암살 대상과 정정당당히 싸워 이겼소. 남은 흔적을 구태여 지우지도 않았지. 그의 존재가 세상에 널리 알려진 것은 그 때문이오. 흔적조차 없는 암살자라면 그런 자가 존재하는지조차 알 수 없을 테니까."

"……."

"그저 친우인 혈무진왕의 부탁을 받아, 죽여야 할 자들을 죽였을 뿐이오. 그 살행이 하나둘 더해지고, 무패의 전적과 결부되어 최고의 암살자라는 전설이 생겨난 것이지."

서아현은 헛웃음이 나올 것만 같았다.

"암후는, 아마도 암황의 무공을 이어받기로 결정된 사람일 거요. 호칭을 보아하니 여자일 테지."

"경비의 어조로 봐선 어린아이인 것 같았어요."

현월은 옛 기억을 더듬어보았다. 적합자 중에 어린 소녀가 있었던가?

가물가물했다.

시간의 벽도 벽이거니와 스쳐 지나가는 인연일 뿐이었기에.

어쩌면 현월이 사라진 자리를 메우기 위해 데려온 아이일 수도 있었다.

만약 그런 거라면 나름대로 주의할 필요가 있었다.

현월의 기억 속 적합자들은 모조리 실패하여 죽었지만, 현월의 기억 속에 없는 적합자라면 성공할 가능성도 있을 테니까.

"그 말이 사실이라면 큰일인 것 아닌가요? 암황의 무공이라면 분명 위험한 것일 텐데."

"아마도. 하지만 그만큼 익힐 수 있는 가능성도 낮소. 대개는 익히는 중간에 미치거나 주화입마에 빠져 버리고 마니까."

"…정말인가요?"

"확실하오."

거기까지 말한 현월이 입을 다물었다.

아무리 같은 배에 탄 사이라지만 너무 많은 것을 떠들었다는 생각이 들었다.

'아마 그녀라면 이 정도 정보만으로도 눈치챘을지 모르지.'

통천각 요원으로 뽑힐 정도라면 머리가 비상한 편이라는 소리다.

그런 그녀가 현월의 말속에 숨은 의미를 파악하지 못할 리 없었다.

"몸조리 잘하시오."

현월은 그 말을 남기고서 일어났다.

3장

금왕(金王)

서아현이 무간풍진도를 탈취했다는 사실은 유설태의 귀에 들어가지 않았다.

이는 두 가지 요인이 복합적으로 작용한 결과였다.

우선 경비가 보고를 올리지 않았다.

서아현의 말을 철석같이 믿고 있었기에, 구태여 그가 먼저 보고를 할 이유가 없었던 것이다.

또 다른 요인은 무단걸의 무능함이었다.

안 그래도 앞선 사고들로 인해 눈코 뜰 새 없이 바쁜 그였다.

그 와중에 이급 요원이 탈주해 버렸다는 사실쯤은, 그에게 있어 중요한 것도 아니었다.

게다가 그것을 유설태에게 보고했다간 당장 깨지는 쪽은 자신이 될 터.

무단걸은 그게 무서워서 보고를 누락해 버렸다.

결과적으로 서아현의 탈주는 무단걸의 선에서 적당히 정리되어 버렸다.

애초에 이급 요원 따위는 말단에 불과했기에 각주의 입장에서 처리하는 데에 큰 문제는 없었다.

결국 무간풍진도로 인한 후폭풍은 발생하지 않았다.

그렇다고 암월방이 막대한 이득을 얻게 된 것도 아니었다.

"궁황은 해학이 뭔지 아는 사람이더군."

우연궁은 밝은 얼굴로 말을 이었다.

"이걸 좀 보시오."

그가 건넨 것은 무간풍진도였다.

받아서 펼쳐 본 현월의 표정이 흠칫 굳었다.

"…백지로군."

"난공불락, 그 누구도 깰 수 없다는 것인 궁황이 남긴 궁극의 절진 무간풍진이지. 그 정체라는 게 그거요. 난공불락의 절진 따위는 존재하지 않는다는 것이지."

우연궁이 클클거리며 웃었다.

"이 얼마나 궁황다운 결론이오? 그 어떤 노력과 재능을 쏟아부은들, 결국 진이라는 것은 누군가에 의해 깨어질 수밖에 없다는 뜻이니."

"…내가 가짜를 줬다거나 바꿔치기를 했다고 생각하진 않소?"

"나도 바보는 아니오. 정말 그런 거였다면 여길 찾아오지도 않았을 거요."

우연궁은 무간풍진도의 맨 뒷장을 가리켰다.

"궁황은 총 칠십이 개의 절진도를 세상에 남겼고, 그중 파손되지 않은 채 지금까지 보존된 것은 스물아홉 개요. 나는 그중 열여덟 개를 목도했고, 그중 일곱 개를 소장하고 있소."

"……."

"그 진도들의 공통점이 이것이오. 맨 마지막 장에 남겨 놓은 궁황의 필적."

현월은 우연궁의 손끝이 가리키는 단어를 보았다.

간략히 자신의 이름을 남긴 필적이었다.

"내가 소지한 것들과 완전히 일치하더군. 필적을 흉내 냈을 가능성이 무척 낮다는 것은 잘 알고 있소. 요 며칠 사이에 궁황의 다른 진도를 찾아내어 필적을 베낀다는 것도 어불성설이고."

"그렇다면……."

"좋게 끝난 셈이오. 저 대단한 궁황조차 결국 죽는 날까지 궁극의 진법을 만들어내진 못한 셈이니."

우연궁은 껄껄 웃었다.

그와 만난 이래 가장 밝은 표정을 보는 듯했다.

"이 우연궁이 그를 뛰어넘을 여지가 아직 남아 있다는 소리일 테지."

"잘된 일이로군. 그럼 이제 좀 절진 설치를 부탁해도 되겠소?"

"물론! 당신들의 무공이 그렇듯, 절진도 설치하면 설치할수록 실력이 늘어나는 법이니."

한시름은 덜었다고 볼 수 있었다.

우연궁의 진을 암월방의 건물들에 펼치는 것만으로도 어느 정도의 적습 대비는 될 터였으니까.

허창의 무인들을 맞을 준비는 차곡차곡 진행되고 있었다.

* * *

"암제 님을 만나려는 사람이 있습니다."

제갈윤이 말했다.

"하오문에서 온 노인입니다."

"하오문에서?"

"문도들에게 물어보니, 그들은 노인을 가리켜 노사라고 부른답니다."

나이 든 스승이라는 뜻.

폭넓은 의미의 단어를 한 사람을 지칭하기 위해 쓴다는 것은, 그만큼 그자가 지닌 영향력이 거대하다는 의미였다.

"그자는 지금 어디에 있지?"

"그것이… 용건만 전하고는 훌쩍 나가 버렸습니다. 하오문도들 말로는 원체 좀 자유분방한 노인네라고 합니다. 정말 자기 내키는 대로만 행동한다더군요. 지금도 거리 어딘가에서 뒹굴고 있을 겁니다."

"내가 찾아봐야겠군."

일어나는 현월을 제갈윤이 만류했다.

"그냥 돌아올 때까지 기다리시는 게 낫지 않겠습니까? 용건이 있는 쪽이 어련히 알아서 찾아올 텐데요."

"나 역시 그자에게 용건이 있으니까."

짤막히 대꾸한 현월이 덧붙이듯 말했다.

"게다가, 지금은 사람 한 명이 절실한 시기잖아."

"그야 그렇습니다만……."

제갈윤은 그다지 내키지 않는 눈치였다.

애초에 그의 입장에선 빈둥거리게 생겨 먹은 노인네가 늘어난들 뭐가 도움이 될까 싶었던 것이다.

물론 현월의 생각은 조금 달랐다.

*　　*　　*

노사를 찾기 위해 온 거리를 뒤질 필요는 없었다.

멀리 갈 것도 없이, 장원과 그다지 떨어지지 않은 위치에 쭈그려 앉아 있는 노인을 찾을 수 있었다.

노인의 앞에는 지저분한 황구 두 마리가 앉아 있었다.

살점 하나 남아 있지 않은 뼈다귀를 서로 차지하려고 뒹굴고 있었는데, 노인은 그 모습을 뚫어져라 바라보고 있었다.

현월이 그 옆에 서니, 노인이 먼저 운을 뗐다.

"이놈들의 이름을 생각해 두었네."

대화의 시작치고는 기묘한 한마디였다.

뭐라 대꾸할까 생각하던 현월이 결국 되물었다.

"뭐라고 지으셨습니까?"

"무림, 그리고 강호! 한낱 뼈다귀에 지나지 않은 이문을 쫓아 아귀다툼하고 있는 것이, 꼭 우리가 살고 있는 강호의 모습을 퍽 닮아 있지 않나?"

현월은 대답하지 않았다.

노인은 웃는 낯으로 그를 힐끔 돌아봤다.

"자네 생각은 조금 다른 모양이구먼."

"살아 있는 모든 것은 자신의 이윤을 쫓아가는 게 진리라고 생각합니다."

현월은 조금 머뭇거리다 덧붙였다.

"이름도 모를 타인의 행복보다는 자신과 가까운 이의 행복과 안녕을 바라는 게 사람입니다. 남이 굶주리는 것보다 자신이 배곯는 것부터 걱정하는 것이 사람이라고 봅니다."

"정파 무림의 여느 위선자들보다는 낫구먼."

노인이 웃는 얼굴로 말했다.

"노사라고 부르게."

"저를 찾았다고 들었습니다만."

"자네가 암제라고 불리고 있는 청년이 맞다면."

"노사께서 제대로 찾으신 겁니다."

"무시무시한 위명에 안 어울리는 얼굴이로군. 싸움꾼보다는 서생에 가깝지 않은가 말이야."

현월의 눈매가 가늘어졌다.

얼굴의 반을 가리는 복면을 쓰고는 있었지만, 노인에겐 없는 것이나 마찬가지인 모양이었다.

"여하간 만나게 되어서 반갑구먼, 흑도무림 서열 칠십구위를 차지한 유명인을 이렇게 보다니."

"…그런 서열이 존재합니까?"

"몰랐는가? 자넨 이미 알 만한 사람들 사이에선 유명인일세."

현월은 어색한 표정을 지었다.

암제로 지내던 시절에도 서열 같은 게 있다는 얘기는 들어본 적이 없었다.

그가 거의 외부와의 접촉을 갖지 않았기 때문일 테지만.

과연 그 시절의 자신이라면, 저 서열 내에서 몇 위를 차지했을까?

그런 궁금증이 들기도 했지만 옆으로 치워두었다.

어차피 이제 와서는 알아낼 방법조차 존재하지 않았으니까.

"백도무림의 서열 오십칠 위를 상대하게 되다니, 오랜만에 사람들이 열광할 대진이 만들어졌군."

"…그건 유백신 얘기입니까?"

"아주 눈치가 없지는 않군. 그렇다네. 내가 애들더러 전하라고 했으니, 지금쯤 무슨 일이 벌어지고 있는지는 알고 있겠지?"

"무림맹이 유성문을 써먹으려 한다는 것 정도는……."

"싸움은 불가피할 것일세. 유백신의 입장에선 이만한 기회도 흔치 않거든."

"……."

"그다지 두려워하는 기색은 아니로군."

노사의 눈이 이채를 띠었다.

"이건 제법 돈이 되겠어."

"…대체 노인장의 정체는 무엇이오?"

한 가지는 확실해 보였다.

그가 단순히 하오문 소속의 늙은이에 불과하지는 않다는 것.

현월이 사람의 이기심에 대해 말했을 때, 노인의 표정은 분명 동지를 만난 자의 그것이었다.

애초에 개들의 아귀다툼을 언급한 것은 밑밥일 뿐.

그는 그 아귀다툼의 구조야말로 세상이 돌아가는 섭리라 생각하는 것이 틀림없었다.

그런 자가 하오문의 늙은이로서 허송세월하고만 있다고?

현월의 생각으로는 이해하기 힘든 일이었다.

'그렇다는 건 결국…….'

노인의 신분이 하나가 아니라는 뜻.

현월은 그렇게 확신했다.

"하오문 소속이라는 것은 위장 신분입니까?"

"놀랍구먼. 첫 대면에 거기까지 읽어낸 사람은 처음인데 말이야. 하지만 엄밀히 말하자면 위장 신분은 아니네. 노부가 하오문 소속인 것은 엄연한 사실이니."

"하지만 다른 신분 역시 지니고 있다는 뜻입니까?"

"그렇다네."

노사는 빙긋 웃었다.

"다른 바닥의 아이들은 노부를 금왕이란 이름으로 부르지."

들어본 적이 있는 이름이었다.

그것도 상당히 최근에.

현월은 얼마 전 유화란과 나누었던 대화를 떠올렸다.

"암월방이란 이름… 모르는 사람이 들으면 암류방과 헷갈리겠어요."

"암류방?"

"모르나요? 암흑가의 사람들에겐 무림맹보다도 유명한 이름인데."

"처음 들어보는군. 흑도 무림의 방파 중 하나요?"

유화란은 고개를 저었다.

"그렇지 않아요. 엄밀히 따지자면 양쪽 모두를 포함하고 있다고 봐야죠."

"양쪽 모두?"

"암류방의 손길은 백도와 흑도를 가리지 않으니까요. 아니, 더 자세히 말하자면 무림과 무림의 바깥을 가리지 않는다고 해야겠군요."

"그게 무슨 뜻이오?"

"무림인들을 서열화하고, 그들의 싸움 자체를 타인에게 제공하는 것이 암류방이 하는 일이에요. 사람들은 그 대가로 무지막지한 돈을 지불하죠."

"…무슨 뜻인지 잘 모르겠군."

"간단해요. 가령 강호에서 유명세를 떨지는 자, 예컨대 후기지수가 있다고 쳐요. 그럼 암류방은 그자에게 거금을 미끼로 비무를 제안하죠. 물론 비무의 상대는 암류방에서 임의로 정해요."

"그리고 그 비무를 타인들에게 제공한다?"

"막대한 거금이 오가는 도박과 결합되어서요."

그다음은 현월 역시 알 것 같았다.

누가 승리할지 돈을 걸고, 승패에 따라 돈을 잃거나 따게 된다.

농촌에서 흔히 벌어지고는 하는 소싸움과 다를 게 없었다.

차이라면 소 대신 사람이 싸운다는 것뿐.

"그 구조는 꽤나 체계적이에요. 암류방에선 아예 각 무인들의 전적과 사문, 무공의 갈래까지 조사해서 자료를 만들어요. 그것을 사람들에게 팔고, 그것을 산 사람들은 자료에 의거하여 어느 쪽에 돈을 걸지 정하는 거죠."

"좀 전에 말한 서열화라는 것도 그와 비슷한 것이오?"

"그래요. 뭐든지 줄을 세워놓는 편이 보기도 편하고 사람들의 흥미를 자극하기에도 좋으니까요."

유화란은 쓴웃음을 지었다.

"가장 유명한 거라면 역시 백도무림서열과 흑도무림서열이겠네요. 그 외에도 각 성마다 서열이 따로 존재해요. 여자들만 따로 모아놓은 서열도 있고요."

"……."

"한 번은 거기서 더 나아가 고금을 통틀어 모든 무인의 서열화를 시도한 적도 있었다고 해요. 각 문파들의 반발로 무산되었지만요."

현월은 헛웃음을 짓고 말았다.

"바보 같은 시도였군."

"아무래도 그렇죠. 옛 선인들의 무공 수위에 대한 자료도 희박하고, 막말로 달마대사보다 다른 문파의 조사가 뛰어나다고 하면 소림사에서 들고 일어날 테고, 그 반대의 경우도 비슷할 테니까요."

"무슨 말인지 알겠소. 그나저나 누군지는 몰라도 대단한 집단을 만들었군. 단순한 도박패와는 그 격이 달라 보이는데."

"모두가 금왕의 수완 덕분이죠. 듣기로는 황궁에까지 연줄이 닿아 있다더군요."

"금왕?"

"암류방의 주인이죠. 방주라는 이름보다 왕이란 호칭으로 불리니, 그 위세를 알 만하죠?"

"그는 대체 어떤 자요?"

"그에 대해 알려진 것은 거의 없어요. 나이가 꽤나 있고, 몸집이 무척이나 비대하다는 것 말고는요."

유화란은 어깨를 으쓱였다.

"어떤 풍문에는 그가 직접 비무에 나설 무인들을 찾아다닌다는 말도 있는데, 아무래도 거짓말이겠죠. 그렇게 큰 몸뚱일 지녔다면 눈에 띌 테니까요."

"그건 그렇겠군."

"어쨌든 그자가 눈앞에 나타나게 된다면 주의하는 게 좋을 거예요."

유화란이 나직이 말을 이었다.

"분명 당신에게 비무를 제안하려는 것일 테니까요."

'이 노인이 금왕이라고?'

현월은 미심쩍은 눈으로 노사를 보았다.

그의 외관은 유화란이 말했던 것과는 판이하게 달랐다.

노인치고는 키가 큰 편이긴 했으나, 노사의 몸은 거구와는 거리가 한참 멀었던 것이다.

오히려 약간 마른 편이라고 보는 게 옳았다.

"노부에 대해 들어보았는가?"

"대강은."

현월의 목소리가 낮아졌다.

"소문과는 판이하게 다르시군."

"소문은 언제나 과장되고 왜곡되는 법이지. 뭐, 노부도 나름대로 신경을 쓰긴 하지만."

노사가 팔을 걷어붙였다.

이윽고 그가 숨을 들이켜는가 싶더니, 팔뚝 부분이 순간적으로 두 배로 부풀어 올랐다.

"…역용술?"

보통은 얼굴을 변화시키는 걸로 알려져 있지만, 경우에 따라 체형을 자유자재로 변화시키는 역용술 역시 존재했다.

노인의 팔이 다시금 오그라들었다.

"이 정도면 신뢰가 가나?"

"…무슨 일로 날 찾아온 것이오?"

"간단하네. 한 가지 제의를 하고자 함이지."

현월의 미간에 골이 패였다.

"설마 유백신과 당신네 암류방 내에서 비무를 치르라는 건가?"

"그래서야 자네나 유백신이나 거절할 게 뻔하지. 안 그런가?"

노사, 아니 금왕의 말대로였다.

유백신은 결코 돈에 흔들릴 성격이 아니었다.

그리고 그것은 현월도 마찬가지였다.

더군다나 유백신에겐 허창 연맹이, 현월에겐 암월방이 달려 있는 문제.

그 갈등이 타인들의 놀잇감으로 전락하는 것은 참을 수 없는 일이었다.

"그리하여, 노부는 이번 싸움의 승자에게 암류방에서의 일전을 제의할 생각이네."

"그렇다면 더 이상 볼일은 없겠군. 내가 승리한다 하여도 암류방의 도박판에 협력할 일은 없을 것이오."

현월은 차갑게 말하고는 몸을 돌렸다.

그때 금왕의 한마디가 발목을 붙들었다.

"혈교에 대해 알고 싶지 않은가?"

4장

혈교의 정보

화악!

현월의 몸에서 살기가 폭사되었다.

"그걸 어떻게 알고 있소?"

금왕은 빙긋 웃었다.

"과연 이게 직방이로구먼."

"대답 여하에 따라 존장의 생사를 장담할 수 없게 될 거요."

금왕은 두 손을 들어 보였다.

"어떻게 자네가 혈교와 대척점에 있는지 알았느냐 말인가?

간단하네. 자네는 혈공을 죽이고 관수원을 죽였지. 혈공과의 전투는 불가피한 것이었다고 하나, 관수원은 자네의 의지로 직접 유인하여 죽인 것이 아니던가?"

"……."

"관수원은 영악한 사내지. 그런 자가 의심조차 하지 않고서 유인당했다는 것은, 자네가 혈교에 대해 잘 알고 있기 때문이었을 게야. 무언가 그의 의심을 지울 만한 방책이 있었겠지."

혈마천세의 네 글자.

현월은 그것을 이용해 관수원을 유인했었다.

"그러한 사실들을 통해, 노부는 자네가 혈교의 적이라는 결론을 내렸네."

"……!"

현월의 눈동자가 크게 흔들렸다.

대체 이자는 어떻게 그 모든 것을 알고 있단 말인가?

그 표정을 읽은 듯 금왕이 덧붙였다.

"혈교라 하여 외골수적인 충성자만 득실거리는 건 아닐세. 인간은 누구나 욕심과 야망을 지녔지. 그것만 적당히 자극해 주면, 부모 형제까지 팔아먹는 것이 바로 인간이라네."

혈교 내에 정보를 파는 자가 있다는 소리.

금왕의 말로 유추하건대, 그는 족히 장로급의 고위 간부인 것이 분명했다.

"…혈교에 대해 얼마나 알고 있소?"

"혈교는 크게 세 파벌로 나뉘어 있네."

무한궁(無限宮)이라 불리는 사궁(邪宮).

패도궁(覇道宮)이라 불리는 무궁(武宮).

그리고 의학이나 첩보처럼, 꼭 필요하긴 하지만 실질적인 전투력은 약한 자들이 모인 지천궁(知天宮).

"그리고 그 세 파벌 바깥에 존재하는 강자가 장로들이지. 현재 무림맹에 침투해 있는 무리는 주로 무한궁과 지천궁의 인물들이네. 혈공처럼 패도궁 출신의 혈교도는 오히려 적은 편이지."

같은 입지의 궁이라고는 해도 그 전투 능력에는 상당한 차이가 있다.

특히 패도궁은 혈교의 주력이라 할 수 있는 방파였다.

아마 나머지 두 궁의 전력을 더한다 한들 패도궁에 미치지는 못할 터였다.

"그중 지천궁주의 이름은 자네도 잘 알고 있을 거라 생각하네만."

"…유설태?"

"그렇다네."

현월은 잠시 금왕의 말을 종합해 보았다.

"아무래도 혈교는 내가 알고 있던 것보다 거대한 세력이었던 모양이군."

생각해 보면 기이한 일이었다.

현월이 죽던 날, 무림맹을 뒤덮은 혈교의 무리는 수천, 수만을 거뜬히 넘어섰던 것이다.

아무리 무림맹 내에서 그들이 암약해 왔다지만, 그렇게나 많은 이가 무림맹 안에 숨어 있었을 거라 생각하긴 어려웠다.

'그 말은 곧…….'

무림맹 외부, 중원의 어딘가에 혈교의 잔당이 남아 있었다는 뜻이었다.

그것도 뭇사람들의 예상보다 많은 숫자가 말이다.

"무림맹에 의해 궤멸된 자들은 극히 일부에 지나지 않았나 보군."

"무림맹에 의해 멸망한 무리? 미안하네만 그건 혈교의 전 세력 중 일부에 불과했네. 물론 그 당시 입은 타격이 결코 작은 것은 아니었네만."

"……."

"본디 혈교는 접점이 없는 흑도 무림 최고의 방파 셋이 결합되어 만들어진 것이네. 물론 그 중심에는 혈교의 두뇌인 유설태가 있었지."

현월은 미심쩍은 표정을 지었다.

"존장의 말대로라면, 혈교가 무림맹에 의해 궤멸당한 것은 어떤 연유인 것이오?"

"간단하네. 당시의 혈교는 내분으로 골머리를 앓고 있던 상태였거든."

"내분?"

"흑도 무림의 무지렁이들에게 끈끈한 동지애 같은 것을 바라는가? 그건 아마 백도 무림의 위선자들에게도 불가능한 일일 걸세."

"대체 무슨 일이 있었던 것이오?"

"듣고 싶은가?"

금왕의 미소가 짙어졌다.

"당대 패도궁주였던 백주천과 무한궁주 맥취염 사이에 갈등이 있었지. 지천궁주 유설태는 그것을 봉합하느라 동분서주하고 있었고."

현월은 할 말을 잃었다.

혈교를 상대로 한 무림맹의 승리가, 내분을 틈탄 신승(辛勝)에 지나지 않았다니.

"그렇게 실망할 필요는 없네. 애초에 그 내분은 당대 무림맹 군사인 제갈철의 지략에서 나온 것이었으니까 말이야. 무림맹은 스스로의 힘으로 백도 무림을 지킨 것이라네."

제갈철.

현월이 알고 있는 게 맞다면, 그는 분명 제갈윤의 아버지였다.

"유설태가 두 궁 사이의 내분을 겨우겨우 진정시킨 이후엔 이미 중원 내 혈교 세력이 궤멸에 가까운 타격을 입은 뒤였지. 그들을 하릴없이 중원 바깥으로 쫓길 수밖에 없었네."

그 이후의 일은 현월도 대강은 알고 있었다.

회귀하기 전, 혈교에 대해 알아가던 과정에서 입수한 정보가 있었던 까닭이다.

당시 혈교가 도주지로 택한 것은 감숙성이었다.

내몽고(內蒙古), 황토(黃土), 청장(黃土)의 세 고원을 품고 있는 척박한 땅.

북으로는 대막(大漠)을, 남으로는 사천성을 두고 있는 삭막의 대지.

그곳에서 절치부심하던 그들은, 수 년 후에 정체를 위장한 채 무림맹에 스며들게 된다.

다만 현월은 그 숫자가 그리 많으리라 생각하진 않았다.

그저 극소수의 잔당만이 겨우 목숨을 건져 달아났다고만 보았다.

하나 금왕의 설명을 종합해 본 지금, 그들은 결코 소수의 무리가 아닌 듯싶었다.

'결국 그들은 이십 년에 걸친 시간 동안 천천히 힘을 기른

것이었군.'

현월이 기억하는 마지막 시점, 그러니까 무림맹이 혈교천세의 군세 아래 무너지던 때 나타났던 군세는 분명 감숙성으로부터 온 것이었다.

현월은 재차 물었다.

"현재 그들의 세력은? 여전히 감숙성에서 웅크리고 있는 것이오?"

"호오."

금왕이 기묘한 탄성을 뱉었다.

"놀랍군. 그들의 위치가 감숙성이란 것까지 알고 있을 줄이야."

"내 추측이 맞소?"

"그렇다네. 한데 정말 궁금해지는군. 노부야 금력과 정보력을 양손에 쥐었다지만, 자네에겐 그런 것도 없을 터인데?"

대외적으로는 혈교의 무리가 절멸한 것으로 알려져 있다.

기실 그들이 감숙성으로 달아났었다는 사실도 먼 훗날에나 알려지게 될 일이었고.

금왕의 눈이 이채를 발했다.

"자네는 대체 누구인가?"

"나는 암제요."

현월은 나직이 대꾸했다.

"그것만으로도 대답은 충분하리라 보오만."

"암제라……."

금왕은 그 단어를 몇 번이고 입속으로 되뇌었다.

"자네는 역시 암황의 유지를 이어받은 것인가?"

"그렇소."

어지간하면 정체를 밝히지 않으리란 것이 현월의 다짐이었다.

그러나 금왕은 적당히 속여 넘기기엔 너무나 많은 것을 알고 있는 인물.

그렇다면, 차라리 속 시원히 정체를 밝히는 편이 나았다.

더불어 그 와중에 거짓 정보를 집어넣는다면……?

"현재의 혈교는 혈무진왕과 암황이 구상했던 당시와는 너무나 달라져 버렸소. 부패했고 타락했지. 내가 속한 암황류(暗皇流)는 그것을 막기 위해 다시 세상에 나온 것이오."

"암황류……?"

금왕이 의아한 눈빛을 했다.

천하의 그로서도 난생처음 듣는 이름이었던 까닭이다.

그럴 수밖에 없었다.

암황류라는 것은 현월이 임기응변으로 지어낸 유령 문파

에 지나지 않았으니까.

“암황의 무공이, 지천궁 바깥에서도 이어져 내려오고 있었단 말인가?”

그가 알기로 현재까지 남아 있는 암황의 유물이라고는 유설태가 지닌 암천비류공의 비급이 유일했다.

그런데 지금, 현월은 자신이 진정한 암황의 후계자라고 선언한 것이다.

‘이자는 유설태와도 긴밀한 사이일 테지.’

현월은 그렇게 추측했다.

‘정녕 그런 거라면, 차라리 거짓 정보를 누설해 혼란을 주는 편이 낫다.’

물론 거짓 정보인들 공짜로 줄 생각은 없었다.

“이 정도라면 억만금에 준하는 정보라고 생각하오만.”

현월의 말은 과장이 아니었다.

저 금왕조차 모르는 사실을 넌지시 알려준 셈이었으니까.

“으음.”

당황한 듯 침음하던 금왕이 말했다.

“자네의 말은 옳네. 그 정보가 정녕 사실이라면 말이야.”

“그렇지 않다고 생각하는 거로군.”

"당연한 것 아닌가? 자네가 암천비류공을 익혔다니, 믿기 어려운 일이야. 설령 암제의 이름을 자청했다고 하더라도 말이지."

"증명해 보이면 되겠소?"

너무나 자신만만한 대답.

금왕은 일순 할 말을 잃었다.

"할 수 있겠나?"

"존장께서 암천비류공에 대해 얼마나 알고 있느냐가 문제겠지."

직접 시연해 보이겠다는 소리다. 미심쩍은 눈으로 현월을 바라보던 금왕이 말했다.

"오 년쯤 전, 유설태가 기르던 적합자 중 암천비류공을 오성까지 연마한 소년이 있었지. 결국 얼마 지나지 않아 주화입마에 빠져 반병신이 되었네만. 어쨌든 노부는 운 좋게도 당시 소년이 권공을 펼치는 것을 목도할 기회를 얻었었네."

잠시 뜸을 들인 금왕이 덧붙이듯 말했다.

"무영권(無影拳), 펼쳐 보일 수 있겠나?"

현월은 대답 대신 가볍게 심호흡을 했다.

스스스스.

순간 금왕은 볼 수 있었다.

현월의 몸에서 그림자처럼 피어오르는 흑색 기운을.

주먹을 휘두르는 모습은 보이지 않았다.

하나 다음 순간 금왕의 반백발이 풀썩 허공으로 치솟는 것이, 분명 무언가가 그의 앞을 스치고 지나갔다.

파앙!

뒤늦게 터져 나오는 파공성.

금왕은 코앞의 공기가 후끈하게 달아오른 것을 느끼며 전율했다.

"놀랍군……!"

"구성 공력의 무영권이오. 아마 존장께서 당시에 보았던 것과는 사뭇 차이가 있을 것이오."

과연 그랬다.

과거에 금왕이 보았던 무영권은, 약하게나마 잔영을 남기며 허공을 격하는 쾌속의 권격이었으니까.

현월의 것은 달랐다.

잔영조차 남기지 않은 채 허공을 격했다.

무영이라는 이름 그대로.

아마도 이것이야말로 깊이의 차이.

오성 공력과 구성 공력의 차이일 터였다.

"노부는 아직까지도 자네의 말을 모두 믿지는 않네. 하지만 자네의 얘기가 흥미를 끈다는 것만큼은 인정해야겠군."

과연 노숙(老熟)하다고 해야 할까.

금왕은 여전히 현월에 대한 의심을 지우지 않은 듯했다.

"어쨌든 좋은 구경을 한 값은 치러야겠지. 무엇을 더 알고 싶은가?"

잠시 생각하던 현월이 대답했다.

"무한궁과 패도궁에 대해 알고 싶소."

지천궁주이자 혈교 일장로인 유설태에 대해서는 잘 알고 있었다.

그가 여전히 많은 것을 숨기고 있다는 것도 사실이었지만 말이다.

하나 무한궁과 패도궁에 대한 정보는 거의 전무하다시피 했다.

앞으로 혈교에 맞서게 된다면, 지천궁보다는 오히려 무한궁과 패도궁의 두 파벌이 문제가 될 거라는 생각이 들었다.

"흠."

한 차례 턱수염을 쓸어내린 금왕이 빙긋 웃었다.

"우선은 자네도 잘 알고 있는 정보에서부터 출발해야겠지? 혈공은 패도궁 소속의 무인이었네. 무림맹의 기준으로 따진다면 각주급의 지위를 지니고 있었지. 그런 혈공을 찍어 누른 것이니, 자네가 흑도 서열의 칠십구 위에 안착한 것도 과장은 아니지."

"그들의 우두머리는?"

"패도궁주 백진설."

금왕은 도발하듯 덧붙였다.

"지금의 자네는 그의 십초지적이 되지 못할 걸세."

5장

패도궁주

감숙성은 전쟁의 요람과도 같은 곳이다.

공동파가 위치한 남부 극단이 그나마 평화로운 곳이었다.

그마저도 월례 행사 수준으로 전투가 벌어지는 수준이었지만.

무인들은 하루가 멀다 하고 싸운다.

피는 모래의 대지를 적시고, 삽시간에 빨려들어 가 흔적조차 없이 사라져 버린다.

한 모금의 물을 위해, 서역에서 흘러들어 온 이름 모를 보석을 위해, 그들은 서로를 죽이고 서로에게 죽었다.

셀 수도 없을 만큼의 도적 떼가 서역과 교류하는 상단을 노리고, 그에 맞선 상단 측의 용병들이 칼날을 거머쥔다.

그런 기묘한 상황이 맞물려, 감숙성은 그 척박함에 비해서는 많은 인구를 보유하고 있었다.

그럼에도 이러한 사실들이 대외적으로 거의 알려져 있지 않은 것은, 그만큼 감숙성이 중원으로부터 동떨어져 있다는 반증에 지나지 않았다.

기련산(祁連山).

소위 남산(南山)이라고도 불리는 험준한 산이었는데, 그 위치를 생각해 보면 꽤나 기묘한 작명이었다.

감숙성의 위치가 중원 기준으로 북서부에 위치하며, 기련산은 그러한 감숙성 내에서도 또다시 북서부에 치우쳐 있었던 것이다.

여하간 그 험준한 지형에도 불구하고, 기련산 내에 둥지를 튼 세력이 있었다.

그 기암절벽들의 드높음을 장벽으로 삼고, 끝도 없는 깊이를 지닌 계곡들을 해자(垓字)로 삼은 곳.

혈교의 세 파별 중 하나인 패도궁이 그곳에 있었다.

쾅!

궁의 벽이 허물어지고, 소름 끼칠 정도로 불길한 사기(邪氣)가 밀려들었다.

"그… 그그극……"

온몸이 온통 뒤틀린 채 비척거리며 걸어 들어오는 사내들.

살아 있다는 것이 믿을 수 없는 몰골의 사내들은, 바로 몇 달 전까지만 해도 기련산을 주름 잡던 산적 무리였다.

애초에 패도궁이 점거 중인 장원 자체가 이들이 산채로 이용하던 곳이었다.

물론 이들은 패도궁이 기련산에 자리 잡은 날, 궤멸당하다시피 하여 쫓겨 나갔고 말이다.

그런데 오늘 이렇게 시체의 몰골들을 하고서는 나타난 것이었다.

그 선두에 선 자.

산적 두목은 피눈물을 줄줄 흘리며 그르렁거렸다.

"그아아악!"

패도궁의 경비들은 그 모습을 본 순간, 안색이 희게 질렸다.

"강시귀(僵屍鬼)……"

강시귀.

광기에 찬 악령을 산 사람의 몸에 빙의시킨 뒤, 그 악령을 부려 움직이는 사특한 주술이다.

강시귀가 된 사람은 본래 지니고 있는 잠력을 모두 폭발시킨 뒤, 그 잠력이 떨어진 순간 진정한 죽음을 맞게 된다.

그리고 이 강시귀들을 부릴 수 있는 자는 천하가 넓다 한들 단 하나.

감숙성의 패권을 쥔 방파의 주인뿐이었다.

"심령당(心靈黨)……!"

강시귀들 사이에서 한 소년이 모습을 드러냈다.

하나 그 외관이 본래의 것이라 생각하는 이는 아무도 없었다.

소년의 외관은 그저 반로환동의 결과물에 지나지 않았으니까.

츠츠츠츠.

그 소년이 딛는 걸음에 초목은 시들어 죽고 풀벌레는 떨어져 비틀어진다.

구름과 같은 불길한 기운을 뭉게뭉게 피워 올리는, 중원에서 가장 사특한 기운의 사내.

심령당주 노혈경이었다.

심령당은 오래전부터 감숙성에 뿌리를 내려 왔던 방파였다.

공동파와 더불어 감숙성을 양분해 온 유서 깊은 세력으로, 남의 공동과 북의 유령이라 하면 감숙성 내에서 모르는 자가 없었다.

그런 심령당의 입장에선 중원에서 쫓겨 들어온 혈교의 무리는 불청객에 지나지 않았다.

더군다나 이곳, 북서부의 기련산에 뿌리를 내린 패도궁은.

"오래간만이구나. 아해들아."

어린 소년의 모습을 한 대마두.

심령당주 노혈경은 빙긋 웃으며 말했다.

그 미소는 믿을 수 없이 순수하고 해맑아, 이미 오래전에 팔순을 넘긴 노인이라는 사실을 믿을 수 없을 정도였다.

하지만 좌중의 모든 이가 알고 있었다.

그는 감숙성의 무인들 중 가장 나이가 많고 가장 음험하며, 무엇보다도… 가장 잔인한 사내라는 사실을 말이다.

"백가 놈은 어디에 틀어박혀 있더냐? 그놈을 썩 불러와 본좌의 앞에 무릎 꿇려야 할 것이다."

"으, 으으으……."

경비들이 침음성을 흘렸다.

그들만으로 저 심령당주와 강시귀 무리를 막아낸다는 게 현실성이 없다는 것은 자명해 보였다.

다행히 그들의 갈등은 길지 않았다.

"궁주님!"

백진설, 패도궁주가 본당 밖으로 걸어 나왔던 것이다.

그의 옆에는 훤칠한 체형의 미인이 함께하고 있었다.

그녀는 바로 패도궁의 부궁주인 미려섬검(美麗殲劍) 심유화였다.

"오랜만이로구나, 애송아."

"……."

"어른께서 거하는 곳에 건방지게 자리를 처박았으면 인사부터 올 것이지, 무에 그리 엉덩이가 무거워 방 안에만 틀어박혀 있었더냐?"

노혈경의 시선이 심유화를 스쳤다.

"혹 계집질에 시간이 가는 줄 몰랐던 게냐?"

심유화가 왈칵 아미를 찌푸렸다.

하나 도발을 받은 것이 분명한 백진설은 가타부타 말없이 팔짱만 끼고 있을 뿐이었다.

나선 것은 심유화였다.

"당주님께서 여긴 어쩐 일이시지요?"

"오, 심유화가 아닌가. 그간 별고 없었는고?"

마치 이제야 봤다는 듯한 반응. 심유화는 기가 막혔으나 내색하지는 않았다.

"염려해 주신 덕분에요. 한데……."

심유화가 물었다.

"여기까진 어쩐 일로 오셨나요?"

"왜 왔으리라 생각하느냐?"

그 반문이 그의 목적을 말해주고 있었다.

심유화는 뒤편에 대기한 호위들을 향해 눈짓했고, 이마에 식은땀이 송송히 맺힌 그들은 자신들끼리 눈빛을 교환했다.

누가 보아도 전투를 준비하고 있는 모습이다.

하지만 백진설은, 팔짱을 낀 채 가만히 이 모습을 바라보던 그는 느긋한 표정으로 말했다.

"뭣들 하고 있어? 어른이 행차하셨는데, 차라도 대접해야 하는 것 아닌가?"

농담이 아니다.

도발도 아니다.

백진설은 진심으로 말하고 있었고, 그 사실을 느낀 주위의 모든 이들은 멍한 표정을 지었다.

"…궁주님?"

"주군?"

하나 백진설은 웃으며 말했다.

"언젠가 다시 만나 회포를 풀어야겠다고 생각은 했습니다만, 당주님께서 직접 찾아오실 줄은 몰랐군요. 저보고 찾아오라 말씀하시지 않고요."

"…궁주님."

"유화, 애들아? 뭣들 하고 있어? 어르신 먼 길 오셨는데 다

과라도 좀 내와."

"…궁주님!"

심유화는 왈칵 화마저 내며 말했다.

"지금 분위기 파악을 못 하시겠어요? 그는 지금 우리를……."

"그만!"

얼굴이 붉으락푸르락해진 노혈경이 귀기 어린 눈빛으로 백진설을 바라보았다.

화르륵!

파르스름한 귀화가 눈동자 안에서 이글이글 타오르는 가운데, 그는 이를 뿌득 소리가 나게 갈았다.

"백진설 이놈! 대체 언제까지 본좌를 능멸할 셈이더냐?"

"무슨 말씀이신지?"

"네놈은 늘 그랬지. 늘 본좌를 능멸했어. 오늘 그 대가를 치르게 하려고 왔다!"

"예?"

백진설은 고개를 갸웃거렸다.

보다 못한 심유화가 말했다.

"궁주님. 제가 얼마 전 기련산에서 쫓아낸 산적들에 대해 말씀을 드렸었지요?"

"응. 그랬지. 그런데 그 얘길 왜 지금 하지?"

"그게 아무래도 심령당의 수하들이었던 모양이에요."

"뭐?"

백진설은 놀란 표정을 지었다.

위엄이나 엄숙함과는 천 리쯤 동떨어져 있는 얼굴이었다.

가만 보고 있자면 그 대단한 패도궁주라고는 도저히 생각하기 힘든 모양새였다.

차라리 저잣거리의 파락호라면 모를까.

그러나 그것도 잠시.

그는 고개를 갸웃거리며 말했다.

"심령당주님께서 산적 놈들을 거느리고 계셨습니까? 대체 뭐 하려요?"

"그건 네놈이 알 바 아니다!"

노혈경이 짜증스레 소리쳤다.

본디 기련산의 산적들은 서역과 교류하는 상단을 급습하기 위해 노혈경이 심어놓은 이들이었다.

감숙성 자체가 워낙 살벌한 곳이다 보니, 상단들이 멀쩡한 대로를 내버려 두고 산로를 택하는 경우가 빈번했던 것이다.

기련산의 산적들은 이를 노리기 위한 팻감이었고, 지금까지 꽤나 쏠쏠한 이득을 챙기고 있었다.

패도궁은 그것을 하루아침에 풍비박산을 내버린 것이었다.

"그래서, 그 일에 대해 따져 묻기 위해 쳐들어오셨단 말이지요?"

"그래!"

"혼자서요?"

"…뭐?"

백진설의 곤혹스러운 표정을 본 순간, 노혈경은 깨달았다.

백진설은 그를 놀리고 있는 것이 아니었다.

도발하고 있는 것도 아니었다.

'이놈은 진심이구나.'

그저, 상상할 수가 없는 것이었다.

고작해야 이 정도 전력으로 자신을 공격하려 든다는 것을 상상하지 못하고 있는 것이었다.

'본좌가 자신에게 어떠한 위해를 끼칠 수 있을 리 없다고 진심으로 생각하고 있는 것이구나.'

그 어떤 모욕보다도 더 큰 굴욕감이 원망각을 사로잡았다.

노혈경은 대로하여 외쳤다.

"이놈! 본좌는 오늘 네놈의 수급을 뜯어내러 왔느니라. 머리는 개와 엮어 본좌의 번견으로 쓰고 시신은 갈기갈기 찢어 그 번견의 먹이로 삼으러 왔느니라. 그때 울부짖는다 한들 뒤늦을 터. 지금이라도 땅에 엎드려 목숨을 구걸토록 하라!"

"…음."

백진설은 심유화를 보며 말했다.

"당주님이 왜 저리 화를 내시지?"

"궁주님! 제발!"

그 순간. 노혈경은 더 이상 분노를 이기지 못하고 일갈했다.

"됐다! 본좌도 일궁의 궁주를 살해하기는 거리꼈던 바. 깊이 뉘우치고 사죄만 하겠다면 넘어가 줄 생각이었거늘. 이리 되면 피로 피를 씻자꾸나!"

휘리리리―

노혈경이 입술을 모으며 휘파람을 부는 순간.

"그워어어어!"

강시귀가 된 산적들이 일제히 백진설을 향해 달려들기 시작했다.

쿵! 쿵! 쿵! 쿵!

잠력을 촉발시키며 내달리는 고통을 모르는 강시들!

생전에는 일개 산적 나부랭이였던 그들은 하나하나가 일류 고수에 맞먹는 민첩한 몸놀림으로 백진설에게 짓쳐들고 있었다.

"궁주님!"

심유화가 소리쳤으나 백진설은 도리어 앞으로 나섰다.

그리고는 그녀와 수하들에게 물러나라는 손짓을 했다.

수하들은 그 명령을 착실히 따랐다.

맹물 같아 보이는 백진설이었으나, 패도궁 무사들에게 있어 그의 명령은 실로 절대적이었다.

뿌드득!

달리는 서슬조차도 견디지 못한 관절이 뒤틀리고 뼈가 부러질 지경이 되면서도, 강시귀들은 백진설을 향해 내달렸다.

"죽어라!"

노혈경이 희희낙락하며 외친 순간.

쾅! 쾅! 콰쾅!

수십구의 강시귀가 백진설이 서 있던 장소에 떨어져 내렸다.

노혈경의 손에 들어간 순간 사실상 죽어버린 그들이었으나, 그 여세로 박살 나고 부러지며 완전히 숨통이 끊겼다.

그 충격만으로도 절정고수를 중상에 빠트릴 수 있을 정도였다.

하나 그 정도는 노혈경이 아닌 일개 사술사도 가능했을 터.

사술의 정점인 노혈경은 차원이 달랐다.

"멸하라!"

펑! 펑! 퍼퍼퍼펑!

강시귀들의 시체가 터져 나가더니, 그 육편과 골편들이 사방으로 튀었다.

손가락 마디 하나가 석벽을 관통할 정도의 무시무시한 폭발력!

"이런!"

좌우호법 정도나 되어야 간신히 자기 실력으로 막을 수 있을 뿐.

수하들이 미리 물러나지 않았던들 사상자는 걷잡을 수 없었으리라.

실로 무시무시한 위력이 아닐 수가 없었다.

하나, 좌중의 모든 이들은 그 위력 자체에는 관심이 없었다.

"궁주님!"

"주군!"

좌우호법과 심유화는 걱정에 찬 눈빛으로.

노혈경은 자신만만한 표정으로 시신의 무더기를 바라보고 있었다.

"호호! 어떠냐! 이것이 본좌가 네놈을 벌하기 위해 개발한 강시귀폭대법이니라."

그 순간, 시체의 무더기에서 하나의 손이 불쑥 튀어 나왔다.

백진설의 길고 늘씬한 팔이었다.

"어……"

백진설은 그대로 시체 무더기를 헤치고 걸어 나왔다.

온몸이 피로 물들고 옷이 누더기로 변한 채로.

"역시! 궁주님은 무사하셨어!"

좌우호법과 심유화가 희색이 만면해지는 순간이었다.

하나 노혈경은 아무렇지도 않은 표정으로 사악한 미소를 지었다.

"고작해야 이런 것으로 네놈이 죽었으리라 생각지는 않는다만 그래도 적잖이 부상을 입었을 터! 그에 반해 본좌는 티끌만큼의 공력도 소모하지 않았으니 이제부터는 본좌가 직접 제마유령수(制魔幽靈手)를 펼쳐 네놈을 징벌할 것이니라!"

노혈경의 두 손에서 희고 아른거리는 기운들이 맺히기 시작했다.

노혈경이 자랑하는 심령당의 독문무공.

제마유령수.

한때 무림을 피로 물들였던 전설적인 수공이다.

백진설은 그제야 노혈경을 마주 보며 말했다.

"당주님. 그전에 한 가지만 여쭤봐도 되겠습니까?"

"허락하마. 유언 대신으로 말해보거라."

"지금 저한테 덤비신 겁니까?"

"……!"

노혈경은 그 순간, 심장이 꽈악 옥죄어 오는 것을 느꼈다.

지금껏 '웃어른' 으로 대하던 백진설의 눈이 '적' 을 대하는 것으로 바뀌었기 때문이었다.

노혈경이 바라 마지않던 상황이다.

"그렇다. 본좌는 지금 애송이, 네놈을 도륙하려 하고 있느니라!"

"아, 그러셨군요."

백진설은 천천히 주먹을 말아 쥐었다.

아주 천천히.

세상이 느려진 것처럼 천천히 말이다.

그러나 그가 움직이는 동안, 주변 사람들은 누구도 그 행동이 느리다고 생각하지 못하고 있었다.

그저 바라보는 것 이외에는 어떠한 행동도 하지 못하고 있었다.

눈을 돌리는 것조차, 숨을 쉬는 것조차 백진설의 허락을 받아야 한다는 절대적인 압박감이 그가 주먹을 쥐는 행동 하나에서 묻어나오고 있었다.

동격의 고수라 자처하던 노혈경조차도 백진설의 압박감에서 벗어나오지 못하고 있었다.

'이, 이것이 대체 무엇이란 말이냐?'

백진설은 천천히 걸어왔다.

산책을 가는 것처럼.

유람을 가는 것처럼.

그러나 노혈경은 그가 코앞에 다가오기 전까지 눈썹 하나 까딱하지 못했다.

백진설이 주먹을 내뻗을 때까지 손끝 하나 까딱하지 못했다.

툭!

백진설의 주먹이 노혈경의 작은 앙가슴을 가볍게 건드릴 때까지.

"…나의 패배다."

노혈경은 그 자리에 무너져 내렸다.

타격을 입어서가 아니다.

백진설의 주먹은 말 그대로 톡 건드리는 정도의 위력. 내가중수법을 사용한 것도 아닌 평범한 건드림에 불과했다.

그러나 노혈경은 그 자리에서 무너져 내릴 수밖에 없었다.

'완벽하다…….'

노혈경은 사술에 한 발을 뻗었다 해도 무인.

그것도 혈교의 궁주급에 준하는 무인이었다.

백진설의 이 수법이 얼마나 고명한 것인지를 이해했고, 그럼에도 불구하고 어떤 원리인지를 이해하지 못했다.

격차.

단어 그대로 격의 차이가 나는 것이다.

백진설이 대수롭지 않게 말했다.

"그럼 이제 안 덤비실 겁니까?"

"노부가 덤빈들 어찌 너를 해할 수 있겠는가?"

좀전까지만 해도 독랄한 독기를 뿜어내던 노혈경은 기가 꺾여 부러진 표정으로 망연자실 앉아 있었다.

더 싸울 수 있는 상태가 아니었다.

그를 내려다보던 백진설의 표정도 적이 아닌 동네 아저씨를 보는 표정으로 바뀌어 있었다.

노혈경은 백진설을 마주 보지도 못하고, 땅만 쳐다보며 물었다.

"이것은… 대체 무엇이더냐?"

"어… 제가 요즘 만들어보고 있는 무공인데요."

백진설은 머리를 긁적거리며 말했다.

"완성되면 마천권 제 사식 정도 될 겁니다. 일단 가칭으로는 허공경(虛空境)이라고 이름을 붙였습니다만."

"대체 어찌 한 것이더냐!"

죽이겠다고 덤비던 주제에 상대방에게 가르침을 구하는 파렴치한 질문이었으나, 백진설은 선선히 답했다.

"육신이나 내력이 아닌 심경(心境)을 격하는 겁니다."

"대체 어떻게?!"

"어… 그건……."

백진설은 머리를 긁적거렸다.

잘 모르겠다가 아닌, 이 당연한 걸 왜 모르지? 하는 표정이었다.

한참 동안 고민하던 백진설은 말했다.

"일단 연구해 본 다음에 말씀드리겠습니다."

그 말은 많은 것을 암시하고 있었다.

허공경이란 무공은 백진설은 쓸 수 있으되, 아직 남에게 가르칠 수 없다는 것.

가르칠 수 있게 되면 노혈경에게 가르쳐 주겠다는 것.

그리고…….

"노혈경 당주를 살려서 보내실 건가요?!"

심유화는 백진설에게 따져 물었다.

"궁주님! 그는 우릴 습격했어요!"

"그런 것 같긴 하네."

"그 죗값을 치르게 해야 해요!"

"뭘 어쨌다고 죗값을 치르게 하라는 거야?"

백진설은 느긋한 표정으로 말했다.

"남의 집 안뜰에 시체를 버리고 간 죄?"

"……!"

생각해 보면 패도궁이 입은 피해라고는 장원이 조금 무너진 정도에 지나지 않았다.

그마저도 원래는 그들의 것이 아니었고.

백진설의 말마따나, 시체 파편들로 인해 마당이 좀 더러워진 게 전부였던 것이다.

“말 나온 김에 하는 소린데. 당주님, 가실 때 저거 치우고 가세요.”

당사자들은 물론 옆에서 보던 수하들조차 질린 표정을 지었다.

‘지존의 좌에 있는 사람은 다들 성격이 저런가?’

그러나 사람들의 반응을 무시한 채, 백진설은 웃으며 말했다.

“당주님은 훌륭한 무인입니다. 다만 스스로의 한계를 너무 낮게 잡고 계신 경향이 있어요. 전 알 수 있습니다. 당주님의 안에는 아직 당주님이 찾지 못한 무언가가 있다는 사실을요.”

“그, 그게 뭐지?”

“저도 모릅니다. 하지만, 저는 당주님이 그걸 안다는 느낌이 깊이 드는군요.”

“내, 내가 안다면 왜 모르고 있는 거지?”

노혈경은 아까 전부터 스스로를 본좌가 아닌 나라고 칭하고 있었다.

스스로에 대한 자신감, 혹은 자만감을 모두 내버린 모습이다.

그러나 그는 그 사실조차 자각하지 못한 채, 절박한 어조로 물었다.

"대체 어찌 하면 알 수 있는 거지?"

"다시 말씀드리자면, 당주님은 알고 계십니다. 그저 인정하지 못하실 뿐이지."

"……!"

그 순간 노혈경의 얼굴이 희게 질리더니, 눈동자가 탁 풀렸다.

사람들은 깜짝 놀라 경계를 취했으나, 백진설은 소리 없이 손만 뻗어 그들을 제지했다.

"조용히. 깨달음을 얻는 중이니 방해하지 말도록."

"궁주님?"

"우린 들어가서 좀 기다리지. 옷에 냄새가 밴 것 같은데 좀 갈아입어야겠어."

그렇게 말하는 것치고는 백진설의 외관은 멀쩡하기 그지없었다.

육편의 산더미 속에서 바로 튀어나왔다고는 믿기 어려운 모습.

실로 고절하기 그지없는 호신강기였다.

노혈경은 두 시진 가까이 그렇게 멍청히 서 있다가, 탁 풀린 눈에 총기를 되찾기 시작했다.

"…그래. 그렇군."

치열하던 그의 사기(邪氣)는 침잠해 조용해져 있었고, 사특한 그의 안광도 어린아이의 그것처럼 반짝이고 있었다.

대체 무슨 일이 있었던 것일까.

남들은 도저히 짐작조차 할 수 없을 터였다.

하나 그의 얼굴을 자세히 바라본다면 확연히 알 수가 있을 터였다.

노혈경이 한 꺼풀을 벗어 던졌다는 사실을.

한 단계 위에 접어들었다는 사실을.

바로 백진설의 가르침 덕분에 말이다.

"…먼저 고맙다는 인사부터 해야겠군."

노혈경은 패도궁의 본당 안으로 들어갔다.

때마침 백진설이 그곳에 있었다.

그는 포권지례를 취하며 말했다.

"도 궁주님. 궁주님의 가르침이 이 필부를 한 단계 높여주셨소. 원수를 은혜로 갚는 그 자비로움. 이 노 모가 비록 흑도 일로를 걷는 자라고는 하나 절대로 잊지 않을 것이오."

백진설은 낙낙한 미소를 지으며 말했다.

"같은 식구끼리 왜 그러십니까? 다 같은 찬밥 신세인 마당에.”

“비록 흑도라 해도 은원은 있는 법이며 위아래도 있게 마련이오. 그리고 이 필부는… 누가 진짜 영웅인지 그 격을 진감하게 되었구려.”

노혈경은 백진설에게 재차 포권하며 말했다.

“허락한다면 혈교에 투신하고 싶소. 그리고 마찬가지로, 허락한다면 그대의 벗… 아니, 수하로 남고 싶소. 허락하시려오?”

“같은 무인끼리, 그것도 연장자를 수하로 삼는 것은 옳지 못합니다. 그러니 벗이 되는 것이 좋겠습니다.”

“좋소. 도 형. 이 원 아우에게 은혜를 베풀어 주셔서 고맙소.”

“아뇨. 궁주님이 나이가 위이시니……”

두 사람은 웃는 낯으로 주거니 받거니 덕담을 나누기 시작했다.

그 모습을 보고 있던 심유화는 질린 표정을 지었다.

‘둘 다 미쳤어.’

몇 시진 전까지만 해도 죽이네 마네 침을 튀기던 노혈경이었다.

바깥에서는 아직까지도 그가 남긴 시체들이 썩어가고 있었다.

그러나 백진설은 노혈경을 전혀 탓하지 않았고, 노혈경은 백진설에게 간이고 쓸개고 내줄 기세로 알랑거리고 있었다.

'내가 이상한 걸까?

살며시 주변 사람들을 살펴보니, 그들도 질린 표정을 짓긴 마찬가지였다.

'역시 궁주님이 이상한 거였어.'

심유화는 납득했다.

백진설은 보통 사람이 아니다.

비범(非凡).

그 단어는 흔히 우월하거나 뛰어남을 수식하는 경우가 많지만, 비범이란 사실 이상과 이하를 겸하는 말이다.

백진설은 비범한 사람이었다.

"그럼 형님. 다음에 뵈면 술 한잔 같이 하시는 겁니다."

"응. 그럼세. 허허허허."

자길 죽이러 왔던 사람과 웃으며 술 약속을 잡을 수 있을 정도로.

'정상인이 아니야. 진짜.'

심유화는 설레설레 고개를 저었다.

하기야 그쯤은 되어야 할지도 모른다.

저 드넓은 강호, 그중 한 축을 담당하는 흑도무림에서도 손꼽히는 강자라면.

세상을 들끓게 했던 광마들과 혈귀들.

그중에는 제정신이 아니었던 자가 그 얼마나 많았던가?

어쨌든 세상 사람들의 눈알을 모조리 파내겠다며 날뛰지 않는다는 것만으로도, 백진설의 성격은 감내할 만한 것이었다.

'아니, 솔직히 말하자면…….'

꽤나 나쁘지 않았다.

어쨌든 타인에게 친절하고, 수하들을 아끼는 편이었으니까.

만사를 귀찮아하는 성격만큼은 어쩔 수 없었지만.

노혈경이 떠나가자 백진설이 심유화를 돌아봤다.

"그래, 무슨 얘길 하고 있었지?"

"…지천궁주, 아니 일장로께서 서신을 보내셨어요."

"유 노괴가? 또 무슨 일이래?"

유설태는 무림맹 군사로 위장한 이후 지천궁주라는 직위를 버렸다.

무림맹에 내쫓기던 시절 지천궁이 궤멸당하다시피 한 까닭이었다.

그의 현 직위는 혈교 제일장로.

어떤 의미에선 나머지 두 궁주보다 위에 있는 셈이었다.

"혈공이 죽었다고 해요."

백진설의 눈에 이채가 스쳤다.

"어, 웬일이지. 그 녀석이 웬만해선 쉽게 죽을 놈이 아닌데."

"암제라 자처하는 사내에게 당한 모양이에요."

"이름 한번 요란하군."

"처리할까요?"

"노인네가 해치워 달래?"

"아뇨. 그런 얘기는 없었어요."

당연한 일이다.

패도궁은 지금 훗날의 궐기를 위해 힘을 길러야 하는 상황.

정체를 발각당하지 않기 위해서라도 몸을 사려야 했다.

물론 그 와중에도 자객 한둘쯤 운용하는 것은 어려운 일이 아니었지만.

"내버려 둬. 정말 도움이 필요했다면 노인네가 적어 놓았을 테니."

"그러면……."

"혈공 장례나 치러주지, 뭐. 좀 아깝긴 하네. 그 녀석, 성장할 가능성이 꽤나 있었는데."

백진설은 느긋하게 기지개를 켰다.

"암제란 놈이 그 이름을 자처할 만한 재목이라면, 언젠가는 만나게 되겠지. 만나기 싫어도 말이야."

"그가 살아남을 거라 생각하시는 모양이군요?"

"딱히 그렇진 않아. 노인네 독기가 얼마나 매서운지도 잘 아는 마당에."

그렇게 대꾸하고서도 미련이 남았는지, 백진설은 나직한 어조로 덧붙였다.

"그래도 세상일이란 모르는 거지. 어떤 일이든 벌어질 수 있는 게 강호라는 거니까."

흑도무림 서열 삼 위.

패도궁의 주인은 말없이 허공을 응시했다.

6장

갑작스러운 일전

"어떻게 됐습니까?"

"……."

제갈윤의 질문에 현월은 침묵했다.

그의 얼굴이 딱딱하게 굳어 있는 것을 안 제갈윤은 더 캐묻지 않았다.

"어쩌다 제갈세가를 나오게 됐지?"

현월의 물음에 제갈윤이 흠칫 놀랐다.

"예? 저 말입니까?"

"네가 아니면 누가 있겠나."

"어, 그건 얘기가 좀 복잡한데요."

제갈윤이 볼을 긁적였다.

대답하기 곤란한 말을 할 때의 버릇.

현월은 더 묻지 않기로 했다.

그때 유화란이 문을 열고 들어왔다.

급히 달려온 듯, 그녀의 몸은 땀에 젖어 있었다.

"무슨 일이지?"

현월의 물음에 그녀가 대답했다.

"그들이 왔어요."

*　*　*

예상보다도 빠른 방문이었다.

또한 허를 찌르는 방식이기도 했다.

'허창의 모든 무인을 끌고 오리라 생각하진 않았지만.'

그래도 설마, 유성삼협만을 대동한 채 올 거라고는 생각지도 못했다.

"오랜만이구려, 현 소협."

"그렇군."

현월은 나직이 대답하며 유성삼협을 훑어봤다.

군가량은 때려죽일 듯한 눈으로 현월을 노려보고 있었다.

하기야 지난번에 그렇게나 망신을 당했으니, 원한이 각골에 사무쳤을 터였다.

서운영은 애매한 표정이었다.

대놓고 적대하기도 그렇고, 그렇다고 기꺼워하기도 힘든 듯 보였다.

진소명은 여전히 속내를 읽기 힘든 얼굴이었다.

아마 지금 이 순간에도 머릿속을 복잡하게 굴리고 있을 터였다.

'그리고…….'

그들의 친우이자 문주.

유백신은 만면에 미소를 띠고 있었다.

"자당(慈堂)께서 대접해 주신 차향이 무척이나 좋군요."

그들 넷은 현검문의 사랑채에 앉아 있었다.

특이하게도 문주인 현무량은 자리를 비운 상태.

현월에게 이번 일을 일임한다던 말을 지키려는 듯했다.

현월은 그들 앞에 앉았다.

"무슨 일로 오셨습니까?"

"그게 손님을 맞는 태도인가?"

군가량의 호통에 눈살을 찌푸리는 사람은 유백신이었다.

"가량, 분명 말썽을 피우지 않겠다고 다짐했던 걸로 기억하는데."

"으음……."

한마디에 깨갱 하고 마는 군가량이었다.

"친구의 허물은 곧 나의 것. 가량을 대신하여 사죄드리겠소."

유백신이 대신 사죄하고 나섰다.

깔끔한 태도이긴 했으나 어딘지 모르게 가식적이었던지라, 현월은 고개만 끄덕였다.

"아직 용건에 대해 말씀하시지 않은 걸로 아오만."

"분명 그랬지요."

유백신은 웃었다.

"우리 유성문이 여남의 오랜 골칫거리를 해소해 줄 수 있지 않을까 싶소만."

'올 것이 왔나.'

현월은 마음속으로 중얼거렸다.

"말 돌리는 것은 싫어하는 성미인지라, 명확히 해주었으면 좋겠군. 여남의 골칫거리라는 게 정확히 무엇을 칭하는 것이오?"

"암월방. 아마 우리보다는 현 소협이 더 잘 알고 계시겠지요."

"요사이 득세하고 있는 방파이긴 하오."

"그렇다면 얘기하기도 편하겠군요. 그들, 흑도의 탕아들이

거리를 확보하는 이상, 여남 무림의 안녕을 기원하긴 어려울 테니 말이외다."

현월은 피식 웃었다.

"내 생각은 다르오."

"…예?"

"그들 역시 무림의 일부. 그 존재를 부정하고 싶지는 않소. 이것이 내 대답이오."

유성삼협의 표정이 딱딱하게 굳었다.

유백신의 얼굴에서도 미소가 사라졌다.

"좀 의외의 대답이구려."

"아쉬우시겠군. 하지만 내 생각은 분명하오."

"그건 현검문의 뜻이오?"

"나 개인의 뜻일 뿐. 하지만 크게 다를 거라 생각하진 않소."

유백신은 문득 시선을 사랑채 바깥으로 돌렸다.

멀리, 대화가 들리지 않을 법한 거리에 있는 유화란의 얼굴이 보였다.

'그녀 역시 흑도의 여인.'

처음 봤을 때 깨달았어야 했다.

현월은 흑도무림이란 세력에 그다지 적대적이지 않았다.

그녀가 본디 흑도의 인물이 아니란 점 때문에 혹시나 했었지만, 역시 안 좋은 예감이 맞아떨어진 듯했다.

"…아쉬운 일이군."

유백신은 나직이 중얼거렸다.

실망하긴 했으되 그냥 물러갈 생각은 없었다.

서로의 뜻이 맞지 않는다 해도, 현검문이 그에게 빚을 졌다는 것만은 분명했으니까.

"솔직하게 말하리다."

유백신은 품속에서 서신을 꺼내 내려놓았다.

"얼마 전, 무림맹에서 한 장의 서신이 왔소. 여남의 흑도 무림을 소탕해 달라는 내용이었지. 그러기만 한다면 우리 허창연맹을 무림맹에서 공식적으로 인정해 주겠다는 거였소."

"……."

"나는 그 일을 받아들였소. 하여, 오늘 이 자리에 현검문의 도움을 청하고자 온 것이오."

"말에 어폐가 있군. 도움을 청함이 아니라, 명분을 얻자는 것 아닌가?"

현월의 지적에 유백신의 얼굴이 딱딱하게 굳었다.

그 말은 사실이었다.

명분.

결국 가장 중요한 것은 그것이었으니까.

아무리 명망이 있다 한들 유성문은 허창의 문파.

여남의 거리에 간섭하는 것은 이치에 맞지 않은 일이었다.

당연히 뒷얘기가 나올 수밖에 없기에, 유성문으로서는 여남 백도 무림의 문파와 손을 잡는 것이 필연적이었다.

그들을 돕기 위해 참전했다는 핑계를 댈 수가 있을 테니까.

현월이 지적한 것은 그 부분이었다.

"그대의 말이 맞소. 하나 그것은 현검문에 있어서도 결코 나쁘지 않은 제안일 텐데? 암월방이 소탕되면 그들이 거머쥐고 있던 자금과 영향력은 모조리 현검문의 것이 될 것이오."

"미안하지만 현검문은 이문을 따지는 문파가 아니라서, 그런 것들엔 관심이 없소."

유백신의 얼굴이 순간 붉어졌다.

이는 마치 상계로부터 파생된 유성문을 비하하는 듯한 말이 아닌가.

사실 현월에게는 그런 의도가 없었지만, 어째 상황이 그렇게 되어버렸다.

물론 현월은 그 사실을 개의치 않았다.

어차피 아군이 될 수 없는 상대라면, 구태여 비위를 맞춰줄 필요 따위는 없었다.

"실망스러운 대답이로군. 호의를 가지고 온 손님에 대한 대답이 겨우 이것인가?"

"그 목적은 결국 자신들의 세력 확장일 뿐. 그런 의도에 끼워진 호의라면 이쪽에서 사양하겠소."

"현검문은 내게, 유성문에 빚을 지고 있소. 그 사실을 잊진 않았을 텐데?"

"물론 그 빚은 조만간 갚을 것이오. 하나 당신의 의지에 따른 형태라면 거절하겠소. 빚을 갚는 건 어디까지나 내 뜻이니."

"……."

유백신이 말없이 노려보자 현월은 무심히 한마디를 더 보탰다.

"장사를 하다 보면 때로는 손해를 보는 날도 있는 것 아닌가?"

"이놈!"

기어코 군가량이 자리를 박차고 일어났다.

이번에는 유백신도 그를 말리지 않았다.

"흘러나오는 대로 지껄이는 네놈의 개소리는 더 이상 듣고 싶지 않다! 지금 당장 택해라. 유성문에 협력할 것인지, 흑도 놈들과 함께 박살이 날 것인지!"

"그렇다면 대답은 간단하군."

현월이 몸을 일으켰다.

"어느 쪽도 택하지 않는다."

"뭣……?"

현월이 주먹을 그러쥐었다.

그가 살짝 자세를 낮추는가 싶더니…….

쾅!

다음 순간, 군가량의 몸이 뒤로 튕겨져 나갔다.

유성삼협과 유백신은 그의 얼굴이 망치에 얻어맞은 양으로 찌그러지는 것을 보았다.

와르르르!

군가량의 거구가 편에 놓인 가구들을 한데 부수며 널브러졌다.

네 사람은 그제야 현월이 우수가 정면을 향해 뻗어 있다는 것을 알았다.

허공을 후려친 권격의 충격파가 고스란히 군가량의 얼굴에 쏟아진 것이다.

문제는 그들 중 어느 누구도, 심지어 유백신조차 그 잔상을 쫓지 못했다는 점이었다.

'마치 형체가 없는 것처럼……!'

무형권.

앞서 현월이 금왕 앞에서 펼쳐 보였던 권격이다.

차이라면 그때가 구성 공력을 들인 것이었다면 이번 것은 극성의 전력을 다했다는 점이었다.

"커윽. 끅……!"

군가량이 기괴한 신음을 토하며 몸을 비틀었다.

코뼈가 완전히 함몰된 듯 검붉은 피가 콸콸 쏟아지고 있었다.

"특별히 박살 난 가구 값은 받지 않겠다."

세 사람은 어처구니없는 눈으로 현월을 쳐다봤다.

"기어코 흑도의 편을 들겠다는 겁니까?"

진소명이 소리쳤다.

현월은 그를 비웃음으로 대했다.

"너희의 손아귀에 붙들린 채 이리저리 흔들리지 않겠다는 것뿐이다."

"이 일로 어떤 사태가 촉발될 것인지 두렵지도 않습니까?"

"딱히. 난 이보다 더한 것도 겪어 왔으니까."

"그게 무슨……?"

"설명해 줘봤자 모를걸."

진소명은 흠칫 몸을 떨었다.

현월에게서 흘러나오는 기운은 그가 알고 있는 여타 무인들의 것과는 현격하게 달랐다.

"기고만장하기가 짝이 없군."

유백신의 목소리는 서릿발처럼 차가웠다.

"고작 녹림도 무리를 해치운 것 정도로 허세를 부리려는가?"

"그게 허세인지 아닌지는 직접 확인해 보면 되겠지."

"차향이 좋아 그냥 넘어가려 했거늘."

스르릉.

유백신은 검을 뽑아 들었다.

그것을 신호로 진소명과 서운영 역시 검을 뽑았다.

현월이 그들을 무표정한 눈으로 바라보는데, 유화란 역시 검을 쥔 채로 안으로 들어섰다.

"하나쯤은 맡아도 되겠죠?"

"그러시오."

태연하기 짝이 없는 대화에 세 사람은 잠시 멍해졌다.

유백신은 이내 이를 악물었다.

"처음부터 이럴 생각이었던가?"

"딱히. 말로 설득할 수 있다면 최대한 그쪽을 택하려 했지."

"허창연맹을 적으로도 돌리고도 현검문이 남아날 거라 생각하나?"

"머리 잘린 뱀은 제 아무리 비대한들 그 누구도 두려워하지 않는다."

"날 여기서 꺾겠다는 소리로군."

"한 가지만 묻지."

현월이 담담한 어조로 말했다.

"혹 자기 자신을 노사라 지칭하는 늙은이가 찾아온 적 없었나?"

"노사?"

유백신이 의아한 표정을 지었다.

이내 그는 한 사람을 떠올리고는 반문했다.

"하오문의 그 노사 말인가?"

"그렇다."

"이야기만 들어봤을 뿐, 만나본 적은 없다. 그런데 그건 왜 묻지?"

"그랬나."

현월은 조용히 중얼거렸다.

노사, 아니, 금왕이 현월만을 찾아왔다면 그 이유는 하나뿐일 터였다.

현월이 승리할 것이라 예상했다는 것.

어쩌면 그게 현월의 착각에 지나지 않을지도 모르겠지만 말이다.

현월의 말이 없자 유백신이 일갈을 토했다.

"대답해라! 갑자기 왜 그자의 얘기가 나오는 거지? 설마 하오문과 무슨 뒷거래라도 한 것이냐?"

"딱히 대답할 의무 같은 건 없다."

현월이 나직이 대꾸하는 순간, 진소명이 섬전처럼 움직

였다.
휘릭!
그가 자세를 잔뜩 낮춘 채 현월의 허리춤을 베어 들어갔다.
현월은 뒤로 슬쩍 물러나는 동시에 진소명이 쥔 검의 검면을 후려쳤다.
"큭!"
묵직한 반격에 손목이 뻐근했다.
진소명은 침음을 흘리면서도 좌수를 떨쳐 지풍을 날렸다.
파바밧!
연달아 다섯 발의 지풍이 쏘아졌다.
각각의 지풍은 현월의 팔다리와 흉부를 노리며 날아들었다.
현월은 바닥의 찻상을 차 올려서는 좌수로 후렸다.
콰직!
박살이 나 흩어지는 찻상.
그 파편들은 날아들던 지풍의 궤도 위로 떠올랐다.
퍼퍼퍼펑!
허공에서 연달아 폭사되는 지풍.
그사이 현월은 진소명을 향해 일직선으로 달려들었다.
"큭!"
흠칫 놀란 진소명이 검을 뻗었다.

그러나 현월은 좌수에 강기를 실어 그대로 후려쳤고, 검이 튕겨남과 동시에 진소명의 흉부가 비어버렸다.

그것을 그대로 찌르고 들어가려는 찰나, 돌연 좌측으로부터 무시무시한 강기가 폭사되었다.

유성신검(流星神劍)의 절초인 뇌운도하(雷雲渡河).

유백신의 성격과는 어울리지 않게 강공일변도의 검식이었다.

콰르르릉!

울부짖는 검강의 소용돌이가 현월을 덮쳤다.

현원은 호신강기를 끌어 올리는 동시에, 좌수를 굳게 쥐고는 정면을 향해 내뻗었다.

암천비류공과 연계되는 또 하나의 권공인 흑뢰권이었다.

콰아앙!

무시무시한 폭발과 함께 창틀과 문짝들이 뜯겨져 나갔다.

십 초가 채 되지 않는 짧은 공방만으로 사랑채가 무너지기 직전까지 몰렸다.

"무, 무슨……!"

"대체 무슨 일이지?"

현검문의 문도들이 몰려들었다.

그때 뒤편에서 그들을 향해 일갈하는 목소리가 있었다.

"다들 경거망동하지 말고 그 자리에 대기하여라!"

유성문주 현무량이었다.

그의 곁에는 부인인 채여화와 딸 현무린이 서 있었다.

“지금, 오라버니가 유성문주와 싸우고 있는 거예요?”

현무린은 놀란 얼굴이었다.

아무것도 모르는 그녀로서는 왜 갑자기 저들이 서로를 죽일 듯 달려드는 것인지 이해가 안 됐다.

반면 현무량은 침착한 얼굴이었다.

“이렇게 될지도 모른다는 생각이 들긴 했다. 유백신은 분명 초신성이라 불려도 할 말이 없는 사내지만, 그렇기 때문인지 야심이 지나치게 크기도 하니.”

“아버지?”

“나는 월이를 믿는다. 너도 네 오라비를 좀 더 믿어 보려무나.”

콰직!

반파된 사랑채를 박차고 신형 하나가 뛰쳐나왔다.

유화란이었다.

“어딜!”

그 뒤를 서운영이 바싹 따라붙었다.

지난번 만남 때 두 번이나 망신을 당한 그녀였다.

자연히 유화란에게 적의를 가지게 되었고, 이번 기회에 그것을 몽땅 풀어놓을 생각이었다.

"타앗!"

그녀가 택한 검초는 조금 전 유백신이 펼쳤던 뇌운도하였다.

물론 위력 자체는 유백신의 것에 비해 뒤떨어지는 편이었으나, 그녀에겐 대신 유백신이 갖지 못한 속도가 존재했다.

쐐액!

시위를 떠난 화살처럼 쇄도하는 검극.

유화란은 가까스로 그걸 막아내고는 비틀거리며 물러났다.

"이래도 내가 우스워 보여? 이래도?"

신이 난 듯 몰아치는 서운영.

어쩌면 군가량보다 쌓인 게 많은 쪽은 그녀인지 몰랐다.

계속하여 밀려나던 유화란은 굵직한 느티나무를 등지고 섰다.

그것을 본 서운영이 비웃음을 흘렸다.

"설마 내가 저 나무에 칼날을 박는 실수를 할 거라 생각하는 건 아니겠지? 정말 그렇게 생각하는 거라면, 머리가 어떻게 된 거 아냐?"

"글쎄?"

밀리는 것에 비해 담담하기 그지없는 유화란의 목소리.

그녀의 태평함이 서운영의 분노를 부채질했다.

"나무와 함께 베어주지!"

그녀는 양손으로 검을 쥐고는 진각을 단단히 밟았다.

척 봐도 체내의 잠력을 모조리 끌어 올린다는 것이 느껴졌다.

그 순간 유화란이 나무줄기를 박차고 정면으로 뛰쳐나갔다.

"늦었어!"

서운영이 일갈했다. 동시에 그녀는 횡으로 검극을 그어 붙였다.

번쩍!

한줄기 유성이 밤하늘에 그어졌다.

유성신검의 검초 중 하나인 일성락(一星落).

다만 이번에는 유성이 떨어지지 않고 지평선을 그리는 형태였다.

느티나무는 물론, 그 뒤편에 있던 울타리 역시 횡으로 잘려나갔다.

실로 예리하고도 범위가 넓은 검기였다.

그러나 그 와중, 어디에도 사람의 뼈와 살을 가르는 감촉은 없었다.

'그 계집은 어디에?'

유화란은 서운영의 뒤편에서 나타났다.

"느려."

좌수를 뻗어 팔꿈치의 안쪽으로 서운영의 목을 휘감았다.

동시에 서운영의 발목을 차내면서 좌수를 끌어당겼다.

"컥!"

서운영은 그대로 뒤편으로 넘어졌다.

황급히 반격하려고 했으나, 유화란이 재빠르게 그녀의 몸 위로 올라타 버렸다.

좌족으로 서운영의 우수를 짓누른 채, 유화란은 검을 들어 그녀의 목을 겨냥했다.

"아직 멀었어."

"큭……!"

서운영이 패배의 분루를 삼키고 있을 때, 사랑채 쪽에서는 한줄기 핏물이 치솟고 있었다.

"소명!"

유백신이 비명처럼 소리쳤다.

진소명은 왼쪽 어깻죽지를 움켜쥔 채 비틀거렸다.

"이럴 수가……!"

그는 현월의 무위를 과소평가하고 있었다.

그가 지니고 있던 정보라고는 두 가지뿐.

현월이 녹림맹을 전멸시켰다는 것과 군가량을 쓰러트렸다는 것뿐이었기 때문이다.

물론 군가량을 쓰러트린 것은 대단한 일이었다.

하나 그 무위가 압도적이라고는 생각하지 않았다.

타인들의 시선과는 달리, 유성삼협 중 최강자는 그가 아닌 자신이었기 때문이다.

거기에 유백신의 무위는 유성삼협을 아득히 뛰어넘는 수준이었다.

때문에 둘이 협공한다면, 현월을 제압하는 것쯤은 어렵지 않으리라 생각했다.

그런데 그게 아니었다.

'나의 예상보다도 강할 줄이야!'

퍼억!

현월의 주먹이 진소명의 복부에 꽂혔다.

살가죽을 뚫듯이 들어간 주먹이 거의 등허리에 닿을 수준.

반사적으로 고꾸라진 진소명이 그대로 토사물을 토해냈다.

"끄허억!"

현월은 토악질을 하는 그의 턱을 그대로 올려 찼다.

의식의 끈을 놓친 진소명이 그대로 고꾸라졌다.

"크윽!"

유백신은 도저히 믿을 수 없다는 눈으로 그 광경을 지켜보았다.

진소명이나 다른 이들의 예상보다 현월이 강할 거라고는 생각했다.

그러나 설마 이 정도일 줄은 미처 몰랐다.

현월이 자신에게로 고개를 돌렸을 때, 유백신은 떨리는 목소리로 물었다.

"네놈… 대체 정체가 뭐냐?"

"알고 있을 텐데?"

현월은 담담히 대꾸했다.

"나는 현월. 현검문주 현무량의 장자다."

"거짓말! 현검문 따위의 삼류 문파에서 이런 고수가 나올 수 있을 리 없어! 게다가 네놈의 무공은 현검문의 것도 아니잖나!"

표독스런 외침에 지켜보던 현검문도들이 야유를 퍼부었다.

현무량 역시 딱딱하게 굳은 눈으로 유백신을 노려봤다.

뒤늦게 자신의 실수를 깨달은 유백신이 흠칫 놀랐다.

"나, 나는……."

"이제야 본색을 드러내는군. 네가 언제나 갖추고 있던 여유와 미소는, 결국 모든 것이 풍족할 때만 씌워지는 가면에 불과했다."

현월이 검을 뻗어 그를 겨냥했다.

"결국 넌 다른 문파들을 얕잡아보고 있을 뿐이잖나? 네 출세가도에 이용해 먹을 호구로, 혹은 방해가 되는 귀찮은 장해물로."

"아, 아니오! 조금 것은 그저 허언일 뿐이었소."

유백신이 현무량을 돌아봤다.

"믿어주십시오, 현검문주!"

"이 삼류문파의 문주가 최근에 깨달은 사실이 하나 있다면."

현무량의 목소리는 차가웠다.

"사람의 본성은 그자가 가장 위험한 시기에 비로소 드러난다는 것이오."

"그, 그런……!"

"하지만."

현무량은 현월에게로 시선을 옮겼다.

"그가 나에게, 그리고 우리 현검문에 있어 은인인 것은 사실이다. 그렇지 않더냐, 월아?"

"맞습니다, 아버지."

"그런 은인을, 그저 약간의 허물 때문에 마음대로 처단할 수는 없는 법이라고 본다. 그것은 강호의 의에 맞지 않은 일이다."

현무량은 다시 유백신을 돌아봤다.

"오늘의 일은 모두 잊겠소. 유성문주께서 내뱉으신 허언 역시, 바깥으로 새어나가는 일이 없게끔 제자들을 단속하리다."

"현검문주……."

"더 이상 사태를 악화시켜 봐야 서로에게 이로울 것은 없을 게요. 이쯤에서 검을 거두시는 게 어떻겠소, 유성문주?"

"나는……."

유백신의 손아귀에서 검이 스르르 빠져나갔다.

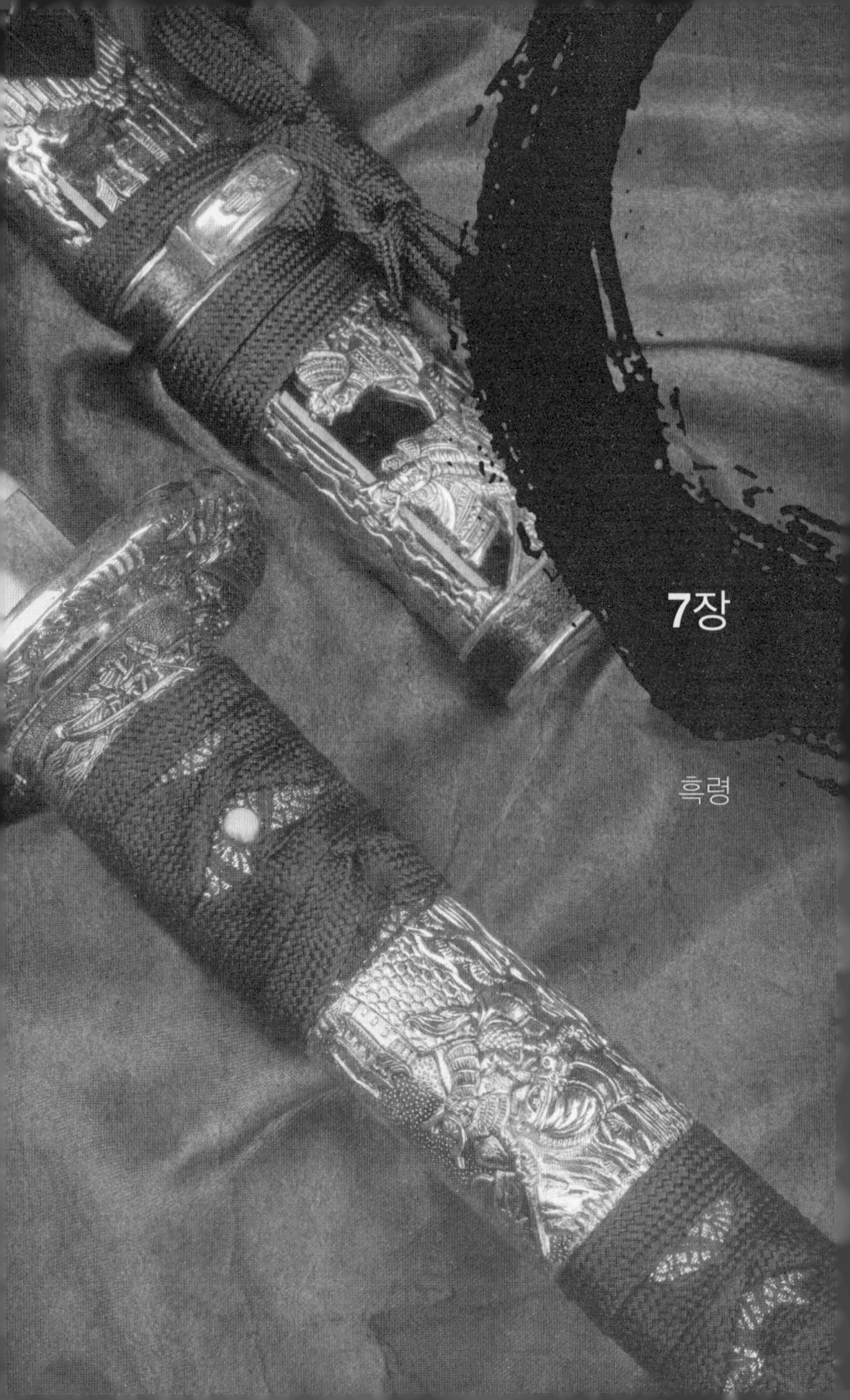

7장

흑령

현무량은 곧바로 의원을 수배해 상처 입은 유성삼협을 치료하게 했다.

유백신은 그들과 달리 치명상을 입지는 않았지만, 누가 보아도 더 상태가 좋지 않았다.

"괜찮겠어요?"

유화란이 현월에게 말했다.

"그대로 돌려보내면 무사들을 끌고 와 현검문을 공격하려 들지도 몰라요."

현월은 고개를 저었다.

"아마 그럴 일은 없을 거요."

"네?"

"허창에 갔을 때, 유백신이 여러 문주 사이에게 둘러싸여 있을 때 느꼈소. 저들은 결국 저것밖에 안 되는 자들이라고. 한 줌의 명성과 위명을 위해 버둥거리는 소인배일 뿐이라고."

유화란은 놀란 눈으로 현월을 보았다.

하남성의 어느 누가 천하의 유백신을 소인배라 칭할 수 있을까?

"유백신은 한 줌의 명성에 휘둘리는 남자요. 아마도 상계 출신이란 것이 그의 강박으로 작용한 거겠지."

"강박……?"

"남에게 잘 보이고 싶고, 멋져 보이고 싶고, 선해 보이고 싶고… 그 모든 강박들이 유백신을 붙들고 있소. 그런 자가 자신의 허물이 될 이야기가 새어나가는 걸 바라지는 않을 테지."

무사들을 끌고 와 현검문에 보복한다는 것은 곧, 오늘의 패배를 인정한다는 것이나 다름없었다.

단 두 명의 무인에게 유성삼협과 유백신 본인이 철저하게 박살 난 이야기를 말이다.

그것을 인정하는 것은 유백신에게 있어 죽음보다 더한 치

욕일 터.

그로서는 도리어 현검문을 입막음하기 위해 뇌물이라도 바쳐야 할 상황이었다.

"나, 나는……."

유백신은 고개를 푹 숙인 채 무언가를 계속 중얼거리고 있었다.

십 년 내에 소림과도 어깨를 나란히 하게 될 거라던 강자가 바로 그였다.

그런데 지금은 어딘가 부서진 듯한 모습으로 횡설수설하고만 있다.

'상대가 너무 나빴어.'

유화란은 새삼스러운 눈으로 현월을 돌아봤다.

"설마 저 유백신이 그토록 간단히 제압당할 줄은 몰랐어요."

현월은 다시 고개를 저었다.

"난 그를 제압한 적이 없소. 압도한 적도 없지."

"네?"

"그의 실력은 출중하오. 전력을 다해 붙는다면 나 역시 고전하게 될지도 모르지."

"하지만 좀 전엔……."

"동지들이 그의 발목을 잡았소. 듣자 하니 유성삼협은 그에게 있어 가족보다도 가까운 사이라던데, 그런 그들이 눈앞에서 쓰러져 가는 모습이 유백신에겐 큰 충격이었겠지."

"…고작 그 정도 충격에 저렇게 망가져 버렸다는 건가요?"

"내가 제대로 본 게 맞다면, 유백신은 명성에 비해 실전 경험이 그리 많지 않은 것으로 보이오. 아마 그 명성도 대부분 비무를 통해서 알려진 것이겠지."

사실상 백도 무림 내 대다수의 무인이 그러했다.

혈교가 무너진 이상 적이 될 자는 사실상 같은 백도의 무인들뿐.

물론 흑도 무림의 고수들도 남아 있긴 했으나, 사실상 두 무림은 서로를 배격하는 입장이었다.

흑도의 무인들은 철저히 암흑가에 남았고, 백도의 무인들은 철저히 바깥 거리에 남았다.

매일같이 다툼과 말썽이 끊이질 않는 흑도 무림이라면 모를까, 백도 무림의 무인들이 서로 싸울 일이라고는 이따금 있는 비무가 전부였던 것이다.

더군다나 허창은 그야말로 화초를 놓아두는 온실과 같은 곳.

유성당의 막대한 자금력은 유성문의 적수가 될 만한 자들을 애초부터 없애 버렸다.

유백신은 그런 배경 아래에 자라난 무인이었다.

상당한 실력과 내공을 쌓아두었다고는 해도, 이를 든든히 받쳐 줄 심력이 너무나 미약했다.

그나마 그 역할을 대신해 주던 게 유성삼협이었는데, 하필 그들이 눈앞에서 줄줄이 깨져 버린 것이다.

그것이 유백신의 이성을 날려 버렸고, 결과적으로 그의 투지를 없애고 말았다.

"그가 다시 일어서려면 상당한 시간이 필요할 거요."

현월은 그렇게 확신했다.

"그래도 나중에 문제가 되진 않겠어요? 허창에는 유성문만 있는 것도 아닐 텐데."

"유성문 외의 문파들은 그다지 걱정할 게 없소. 소저도 봤겠지만, 하나같이 유백신의 비위나 맞추려 드는 자들뿐이었으니까."

"그렇다면 다행이지만요."

유화란은 어깨를 으쓱였다.

"어쨌든 다행이네요. 큰 문제로 번질 법한 일인데, 미연에 봉합한 거잖아요?"

"…그렇겠지."

현월의 목소리엔 떨치지 못한 먼지 같은 것이 남아 있었다.

그다지 신경 쓰지 않고 있던 유화란은 눈치채지 못했지만.

'이건 끝이 아니다.'

현월은 그렇게 확신했다.

이번 일은 오히려 새로운 흐름의 시작이 될지도 몰랐다.

밤이 깊었다.

현월은 고요한 마당을 지나 현검문의 장원 밖으로 걸음을 옮겼다.

새하얀 보름달을 가지 사이로 걸고 있는 노송(老松) 한 그루.

그 아래에서 곰방대를 물고 있는 사람은 금왕이었다.

"용케 찾아왔구먼."

"존장께서 말씀하셨잖소. 유백신과 결착이 난 날, 이곳에서 기다리고 있겠노라고."

"그랬지. 하지만 설마 이런 식으로 간단히 나버릴 거라고는 꿈에도 생각지 못했네. 게다가……."

금왕의 눈매가 가늘어졌다.

"이런 식으로 뒤통수를 맞게 될지도 몰랐고."

"……."

"이번엔 복면으로 얼굴을 가리지 않았군. 하긴 이제 와서는 쓸모가 없을 테지?"

"어차피 존장께선 지난번에 내 얼굴을 파악했을 테니까."

"그랬지. 하지만 암월방의 암제가 현검문의 현월이리라고는 꿈에도 생각지 못했네."

금왕이 돌연 박수를 쳤다.

"축하하네. 노부를 이렇게까지 놀라게 한 것은 노부의 생애를 통틀어 자네가 세 번째일세."

"…나머지 둘은?"

"딱히 알려주고 싶지는 않군. 하지만 자네 역시 이름 정도는 들어보았을 거라고 생각하네."

제법 유명한 자들이었던 모양이다.

하긴 그쯤은 되어야 금왕 같은 자를 놀라게도 할 수 있을 테지.

"어쨌거나 문제가 생겨 버렸어. 그나마 다행인 건 자네, 현월의 이름이 아직 백도무림서열 내에 들어가 있지 않았다는 건데. 어쨌든 양쪽 모두에 수정이 불가피하게 되었군."

"……."

"게다가 오랜 친구가 이 사실을 알게 되면 어찌 나올지도 의문이구먼."

금왕의 미소가 짙어졌다.

현월은 그 웃음이야말로 세상 무엇보다 사악한 게 아닌가 생각했다.

"친구라는 건 유설태, 놈을 말하는 건가?"

"그렇다면? 원수의 친구 역시 원수이니, 노부의 숨통을 끊기라도 할 텐가?"

"…당신의 대답 여하에 따라."

현월에게서 스멀스멀 살기가 흘러나왔다.

달빛이 비추는 밤의 전경을 다시 칠흑 속으로 밀어 넣는 것만 같은 어둠.

현월은 그 어둠을 밟고 서 있었다.

"금왕, 당신 역시 혈교도요?"

"만약 그렇다면 어쩔 텐가?"

"죽여 없앨 뿐."

현월의 목소리는 단호했다.

금왕은 그 점이 더 마음에 든 듯 호탕하게 웃었다.

"하하하! 걸작이로군! 천하의 금왕을 죽여 없애겠다고 말할 줄이야. 그것도 면전에서."

"사람을 죽이는 데엔 태산을 부술 힘 따위는 필요치 않소."

"필요한 것은 날붙이 하나와 약간의 요령, 그리고 적절한 때를 가늠하는 감각. 그렇지 않나?"

"……!"

"암황이 남긴 유명한 구절이야. 노부 역시 익히 알고 있지. 정작 그 당사자인 암황이 주로 사용한 것은 태산을 부술 힘으로 밀어붙이는 방법이었지만."

"……."

"너무 그렇게 목에 힘 줄 필요는 없네. 노부는 혈교도가 아니니까."

"정말이오?"

"말하지 않았던가? 노부는 혈교나 무림맹, 흑도와 백도 그 어디에도 소속되지 않은 몸이라고."

"말은 그렇게 해도 하오문에 속해 있잖소?"

"그건 그저 가짜 신분일 뿐이네. 알고 있는 건 하오문주 정도지만."

"그렇다면 하오문에는 왜?"

"노부가 지닌 금력은 그야말로 절대적이거든."

미묘한 대답이었다.

"성벽을 쌓아 올릴 수 있을 정도의 황금, 말 한마디로 수천 계집의 치맛자락을 들칠 수 있는 재력, 고관대작마저 고개를 조아리게 만드는 힘!"

언성을 높이던 금왕이 돌연 한숨을 뱉었다.

"그런 것을 지니고 있다 보면 일순 모든 것이 허무해지게 마련이지. 그래서 그 모든 걸 훌훌 던져 놓고 여정 길에 올랐네."

"……."

"처음엔 그저 정처 없이 산천을 노닐었지. 굶거나 노숙하는 것도 다반사였지. 큼직하게 붙어 있던 뱃살도 쑥쑥 빠지더군. 그러다가 만나게 된 것이 세상의 가장 밑바닥에 있는 녀석들이더군."

"하오문도……."

"그랬네. 녀석들과 친해지다 보니, 노부는 어느새 노사라는 이름으로 불리고 있었네."

금왕은 빙긋 웃었다.

"그 관계는 지금까지도 계속되고 있지. 물론 요즘은 역용술을 통해 체형을 변화시키고 있지만 말이야. 아무래도 매번 굶어서 살을 빼려니 힘들더군."

"그렇다면 유설태와는 어떤 관계에 있는 것이오?"

"정보를 주고받는 관계라고 할 수 있겠군. 어쨌든 그는 무림맹의 군사이자 혈교의 일장로, 또한 통천각을 배후에서 지배하고 있는 사내니까. 이따금 노부조차 모르는 사실을 알고 있기도 하고."

"그렇다면……."

현월의 목소리가 절로 잦아들었다.

어쩌면 금왕이 현월의 정체에 대해 유설태에게 말할지도 모른다.

암월방의 암제와 현검문의 현월이 동일한 인물이라는 것을.

그렇게 되면 유설태가 가만히 있을 리 없다.

어떤 방법으로든 현검문과 암월방을 압박해 들어올 것이 분명했다.

현월 자신이야 괜찮았다.

어차피 혈교와의 전쟁에 모든 것을 바치기로 했으니까.

하나 가족들은 달랐다.

회귀의 절반은 혈교 분쇄를 위한 것, 나머지 절반은 그의 가족들을 위한 것이었다.

그 안위를 해치려는 자가 존재한다면…….

'설령 그게 천존(天尊)이라 해도 용서치 않는다.'

현월은 금왕을 노려봤다.

"그에게 말할 생각이오?"

"그건 자네의 대답 여하에 달렸네."

"바라는 게 뭐지?"

"이미 말하지 않았던가?"

"나더러 당신네 고객들의 눈요깃거리가 되라는 말인가?"

"싫은가?"

현월의 눈빛이 차갑게 가라앉았다.

"굳이 그럴 필요가 뭐가 있지? 이 자리에서 당신을 제거해 버리면 그만인 것을."

"역시나 그렇게 나오는군."

금왕의 눈매 역시 한층 차분해졌다.

"하나 노부 역시 바보는 아닐세. 자네가 그렇게 나오리란 것쯤은 이미 예상해 두었네."

"뭐?"

스륵.

현월의 목젖에 와 닿는 칼날.

"……!"

순간적으로 현월의 온몸으로 소름이 돋았다.

'내가 눈치채지 못했다고? 이 어둠 속에서?'

회귀한 이래 처음 있는 일이었다.

아니, 암살행을 시작한 이래로 처음일 것이었다.

현월이 타인의 기척을 간파하지 못해 접근을 허용한 것은.

"그렇게 놀랄 것 없네. 천하제일의 살수가 상대이니 자네라 해도 어쩔 수 없을 테지."

"천하제일의… 살수?"

"모르는가? 하긴 그 정체를 아는 이는 실로 극소수에 불과할 테지."

현월은 고개를 돌려 상대를 확인하고 싶었다.

하지만 조금이라면 움직이면, 목에 닿은 칼날이 그대로 파고들 게 분명했다.

미처 호신강기를 둘러두지 않은 게 실수였다.

그렇지 않았던들, 검기조차 서리지 않은 칼날에 제압당하진 않았으리라.

'그런데, 천하제일의 살수라고?'

현월에게 있어선 상당한 충격일 수밖에 없었다.

그가 암제로서 군림하던 시절엔 그 누구도 그의 위명에 버금갈 수 없었다.

암제는 그 자체로 공포의 상징이었고, 죽음을 관장하는 신이었다.

하나 그것은 살수나 암살자, 자객이라는 측면에서 본다면 조금 기묘한 것이기도 했다.

기실 대다수의 살수들은 눈치채이지 않고 접근해 고요히 죽이고 유유히 빠져나가는 것을 선호했다.

아니, 선호라기보다는 그것이야말로 그들이 택할 수밖에 없는 방법이었다.

아무리 대단한 살수여도 환한 대낮에 어지간한 고수와 정면에서 맞붙는다면 승리를 장담할 수 없다.

때문에 그들은 갖은 수법과 암기, 약물과 독향들을 사용했다.

부족한 무위를 다른 방법으로 보충하기 위함이었다.

애초에 당대 최고수 급의 무인에 버금가는 무력을 지닌 살수는 존재하지 않았다.

그런 힘을 지녔던들 남의 명령이나 의뢰에 따라 움직이기나 하지도 않을 테고 말이다.

그 기나긴 살수의 역사에서, 단둘의 예외로 존재하는 것이 바로 암황과 암제였다.

현월은 수많은 살행 중 독이나 암기 등을 사용한 적이 단 한 번도 없었다.

상대에게 죽음을 선사하는 방식은 언제나 그의 무공과 검이었다.

때문에 암제라는 이름이 한층 유명해질 수 있었던 것이기도 하다.

살수치고는 자신의 흔적을 많이 남겼으며, 구태여 타인의 눈을 두려워하지도 않았으니까.

그리고 이는 암황도 마찬가지였다.

'하지만…….'

엄밀히 따지면 그 둘은, 천하제일의 살수라 보기엔 일견 애매한 면이 있었다.

살행의 종류 중엔 어떤 흔적도 남기지 않고, 그 누구도 눈치채지 못하게 이뤄져야 하는 것이 많았기 때문이다.

문자 그대로의 암살.

암황도 암제도 그런 것엔 특화되지 않았다.

그들이 향하는 곳엔 필연적으로 전투와 파괴가 뒤따를 수밖에 없었다.

최강의 살수일 수는 있어도, 최고의 살수일 수는 없는 셈이었다.

"대체 그 천하제일의 살수란 건 누구지?"

"그녀를 아는 이들은 대개 흑령(黑靈)이라고 부르지."

"그녀? 흑령?"

금왕은 미소를 지었다.

"그녀의 이름을 듣고도 살아 있는 것에 감사하게. 자네가 노부의 마음에 들지 않았던들, 지금쯤 그 머리는 땅을 뒹굴고 있었을 걸세."

"……."

"쓸데없는 생각일랑 말게. 흑령은 선천적으로 타인을 압도적으로 뛰어넘는 감각을 타고났네. 자네가 내력을 발할 낌새만 보이더라도 주저 없이 검을 그어버릴 것이야."

"정말 그렇게 자신하오?"

현월은 스산한 어조로 물었다.

그의 시선을 고스란히 받은 금왕이 움찔했다.

"…지금 노부와 한번 해보겠다는 건가?"

"타인에게 휘둘리는 것만큼은 절대 참지 못하오. 설령 그게 저 대단한 금왕이라 해도."

"알량한 자존심에 목숨을 버리는군."

"그렇지는 않을 거요."

"뭐라고?"

다음 순간 금왕은 보았다.

현월의 목젖에 닿아 있는 흑령의 칼날이 바르르 떨리는 것을.

"뭣……!"

푸화악!

순간 흑령이 뒤편으로 훌쩍 물러났다.

동시에 현월의 주변으로부터 어둠이 솟구쳤다.

암천비류공의 공능 중 하나.

흑월갑(黑月甲)의 기운이었다.

"과연 암황의 후계자라는 건가?"

물러났던 흑령이 현월에게 달려들려고 했다.

그녀의 칼날에는 무형의 검강이 맺혀 있었다.

"그만! 그쯤 하면 되었다."

금왕의 말을 들은 흑령이 물러났다.

뒤늦게 현월이 그녀 쪽을 쳐다보았지만, 그녀는 어둠에 녹아든 듯 자취를 감춘 뒤였다.

'잠행술만큼은 날 압도한다.'

아마 이는 회귀하기 전의 자신과 비교해도 우위에 있을 터였다.

정말 강호는 넓고 고수는 많다는 말이 딱 들어맞았다.

현월이 다시 돌아보니, 금왕은 경직된 미소를 짓고 있었다.

"운이 좋았군. 그러나 무모했네. 흑령이 조금만 빨랐던들 자네의 목이 달아났을 테니까."

과연 현월의 목젖이 살짝 갈라져 피를 쏟고 있었다.

"그렇지는 않소."

현월은 좌수를 들어 피를 슥 닦아냈다.

놀랍게도 피가 닦여 나간 자리엔 흉터조차 없었다.

암천비류공으로 인한 재생.

현월은 이걸 믿고서 모험을 한 것이었다.

아마 밤이 아닌 낮이었다면 깔끔히 포기했을 테지만.

"어느새……?"

"살수 다음은 무엇일지 궁금해지는군."

담담히 말하고는 있었지만, 현월도 현월 나름대로 내심 쓴 맛을 느끼고 있었다.

'패를 너무나 많이 보여줬다.'

강호는 많은 것을 드러낸 자에게 자애롭지 않다.

아무리 강대한 힘을 지닌 고수라 해도, 비장의 수법 하나 가지고 있지 않다면 언제 어느 곳에서 불귀의 객이 될지 알 수 없다.

때문에 비장의 한 수를 남겨두는 것은 무림인들의 불문율이기도 했다.

그런데 현월은, 자존심 때문에 너무 많은 패를 까 보이고 말았다.

물론 그게 아주 나쁘기만 한 일은 아니었다.

패를 보인 만큼 금왕을 압박할 수가 있을 테니까.

실제로 그는 조금 전까지와 달리 얼굴에서 여유가 사라진 상태였다.

금왕 뒤편의 어둠에 아지랑이 같은 것이 생겼다.

"제거할까요?"

예상보다도 낭랑하고 맑은 목소리였다.

어쩌면 현월보다도 나이가 어리지 않을까 싶을 정도.

그런데도 천하제일의 살수로 불리다니, 현월로서는 꽤나 충격이었다.

"아니, 되었다. 지금 죽여 없애면 재미가 없지."

"죽여 없앨 자신은 있고 말이오?"

현월의 도발에 금왕이 표정을 확 구겼다.

"그쯤 해두어라. 설마 애꿎은 불똥이 다른 이들에게 튀는 것을 바라진 않을 텐데?"

"당신을 여기서 제거하면 해결될 일이지."

"이건 어떻더냐? 노부는 이곳에 오기 전 한 가지 문헌을 작성해 두었다. 노부의 행방이 묘연해지는 즉시 암류방의 금력과 무력을 총동원하여 여남을 불바다로 만들어 버리라고 말이다."

"……!"

"너는 그걸 알고도 노부를 죽일 수 있겠느냐? 그 후의 일을 감당할 수 있겠느냐?"

"……."

현월은 살기를 거두었다.

금왕의 말이 사실인지 아닌지는 알 수 없었다.

하나 만약 사실인 경우 그 후폭풍을 감당할 자신은 없었다.

"귀찮은 일은 피해야겠지."

광오하기 짝이 없는 한마디.

혹은 허장성세에 지나지 않은 말일 수도 있었다.

하지만 그 어느 쪽이 되었든, 현월이란 존재가 금왕에게 깊은 인상을 준 것만큼은 확실했다.

"한 가지는 분명해 보이는구나. 네놈이 노부에게 신선한 경험을 선사했다는 것 말이다."

"유설태에게 나에 대해 말할 것이오?"

"말하지 않았더냐? 네 하기에 달려 있다고."

"나는……."

"안다, 알아. 구경거리 따위는 되지 않겠다는 거지. 하지만 그래서야 노부 홀로 손해를 볼 수밖에 없지 않느냐. 당장 네 얘기만 전해주어도 유설태가 억만금을 내놓을 터인데."

억만금은 좀 과장이 심했지만, 유설태가 상당한 사례를 하리란 것만은 분명해 보였다.

금왕이 내쳐 말했다.

"그래서 말인데, 암류방의 투기장 내에서의 싸움이 아니라면 상관이 없을 테지?"

"…그게 무슨 뜻이오?"

"간단하다. 너는 앞으로도 수많은 혈교의 무리를 사냥할 테지. 그렇지 않더냐?"

현월은 느릿하게 고개를 끄덕였다.

"노부의 고객들이 '우연찮게' 그 자리를 지나갈 수도 있는 법이겠지. 안 그렇더냐?"

"…하고 싶은 말이 무엇이오?"

"간단하다. 너는 그저 지금처럼 혈교의 무리를 사냥하면 될 일이다. 그 나머지는 노부가 알아서 할 것이다."

말을 마친 금왕이 미소를 지었다.

현월로서도 대강 이해는 됐다.

아마 현월이 싸움판을 벌이게 될 자리에, 자신의 고객들을 대동한 채 나타나겠다는 뜻이겠지.

어쩌면 그 싸움판 자체를 마련해 줄지도 모르는 노릇이고 말이다.

현월에게 가히 나쁘지만은 않은 얘기였다.

어떤 방식으로든 혈교 놈들을 제거할 수만 있다면 좋은 일이었으니까.

다만…….

“당신이 날 속이지 않으리라 어떻게 믿지?”

지금까지 금왕이 벌려놓은 것은 모두 언약에 불과했다.

그리고 말이라는 것은, 일단 밖으로 흘러나오고 나면 언제든 무의미해질 수 있는 법이었다.

금왕도 이해했다는 듯 고개를 끄덕였다.

“하긴 너로서는 그렇게 생각하는 것도 무리는 아니지. 하니, 노부 역시 네게 약속의 증표를 주겠다.”

“약속의 증표?”

“령아.”

금왕의 말에 반응하듯 신형 하나가 옆에서 나타났다.

마치 대막의 신기루처럼 아무것도 없던 허공에서 나타난 신형은 늘씬한 곡선을 그리고 있었다.

흑의로도 온전히 가리지 못하는 여인의 체형.

흑령은 한쪽 무릎을 꿇은 채 금왕에게 고개를 숙였다.

“대령했습니다.”

“아무래도 네가 증표 역을 해주어야겠구나.”

“…무슨 말을 하는 것이오?”

현월이 묻자 금왕은 흑령의 어깨에 손을 얹었다.

"이 아이는 노부가 가장 정성들여 키운 아이다. 원래는 하오문도 부부가 버리고 달아난 것을 노부가 거두어들였지."

"그런 얘기는 듣고 싶지 않소. 그 여자가 어떻게 증표가 될 수 있단 말이오?"

"쯧쯧, 성격 한번 삭막한지고. 이 아이는 노부에게 있어 손녀딸이나 다름없다는 말이다. 노부의 사랑을 독차지한 손녀딸!"

"사랑하는 손녀딸을 살수로 길렀다고?"

"그건 이 아이의 체질이 살수가 되기에 지극히 적합했기 때문이지. 자네도 조금 전에 느꼈을 터인데?"

"……."

현월은 침묵했다.

확실히 금왕의 말대로 그녀의 잠행술이 놀랍기는 했다.

기척 하나 없던 그 움직임은 분명 타고난 것일 터.

현월의 체질이 적합했기에 암천비류공을 익힐 수 있었던 것과 마찬가지였다.

"만련고(萬蓮蠱)를 삼키거라."

금왕의 명령에 따라 흑령이 무언가를 삼켰다.

현월은 흠칫 놀란 눈으로 그것을 보았다.

"만련고? 저자가 삼킨 것이 진정 만련고란 말이오?"

"물론이네. 실험해 보겠나?"

금왕이 현월에게 무언가를 던졌다.

연화식적(蓮花息笛).

만련고를 발작하게 만든다는 피리였다.

만련고는 무림 삼대 고독 중 하나였다.

연화식적의 특정한 음파에만 반응하는데, 그 소리를 듣게 되는 순간 체내의 단전을 파괴해 버린다.

당연히 그 숙주 역시 죽음에 이르게 된다.

그런 것을 설마 손녀딸 같다는 여인에게 복용하게 만들다니?

현월로서는 도저히 이해할 수 없는 일이었다.

금왕이 흑령을 일으켜 세웠다.

"이 아이를 자네에게 빌려줌세. 곁에 두고 자네 좋을 대로 써먹게. 살수로 쓸 수도 있을 테고, 그 외의 용도로도 쓸 수 있겠지."

"대체 무슨 말을……."

"이미 이해하고 있지 않은가? 나는 이 아이를 신뢰의 증표로서 자네에게 건네겠다는 걸세."

현월은 금왕을 노려봤다.

"날 속이려는 것이 아니라?"

"의심이 간다면 언제든 연화식적을 불어도 좋네. 노부의 말엔 한 치의 거짓도 없으니 말이야."

"손녀딸이나 다름없다는 자에게 만련고 같은 걸 삼키게 하고도 부끄럽지 않단 말이오?"

"무엇이 부끄럽단 말인가? 노부는 자네와의 약속을 철저히 지킬 것이고, 그렇다면 자네가 연화식적을 불 이유도 없겠지. 자연히 흑령의 목숨 역시 보전될 것이고. 뭐가 문제인가?"

현월은 입을 다물었다.

여전히 이것이 금왕의 허세라는 생각은 남아 있었다.

그녀가 삼킨 것은 아무것도 아닌 단약일 뿐이고, 이 피리 역시 진짜 연화식적이 아닐지도 몰랐다.

하나 양쪽 모두가 진실이라면, 현월이 시험 삼아 부는 것만으로도 흑령이란 여인은 죽게 될 터였다.

"차라리 동물 같은 걸 가져다 두고 시험해 보였다면 좋았을 거요."

"아하, 그런 방법도 있었군. 노부가 너무 급한 나머지 깜빡했네."

이마를 찰싹 치며 대답하는 금왕이었다.

"하지만 그럴 여유도 없고, 이미 흑령은 만련고를 삼켜 버렸네. 이제 남은 것은 자네의 선택뿐일세."

"나는……."

"유설태에겐 한마디도 발설하지 않겠네. 나아가, 어느 정도는 현검문과 암월방을 지원해 줄 수도 있네."

"……."

"자! 그럼 이제……."

금왕은 예의 미소를 띤 채 현월을 보았다.

"어떻게 할 텐가?"

8장

회동

"어디 다녀오세요?"

익숙한 목소리에 현월은 고개를 들었다.

달빛을 등진 채 현유린이 서 있었다.

"그냥, 잠이 오질 않아서 산보 좀 하고 왔어."

"정말이에요?"

미심쩍은 눈으로 바라보는 현유린이었다.

현월의 비밀에 대해 묻지 않은 채 무조건적으로 지지해 주는 부모님과 달리, 그녀는 이것저것 궁금한 게 많은 모양이었다.

하나 현월로서는 딱히 가르쳐 줄 만한 게 없었다.

나눔으로 인해 해소가 되는 갈등이 있다면, 나눔으로써 도리어 악화되는 종류의 갈등도 있는 법이었다.

현월이 겪는 문제들은 결단코 후자였다.

"오라버니?"

"음?"

"괜찮으신 거죠?"

현월은 짐짓 미소를 띤 채 물었다.

"내 얼굴 어디가 이상해 보이기라도 해?"

"아뇨, 그런 건 아니지만……."

대답을 주저하던 현유린이 말했다.

"꼭 귀신을 본 것 같은 표정이라서요."

"귀신?"

귀신, 귀신이라.

어찌 보면 그녀의 표현이 맞을지도 모르겠다.

최소한 그에 준하는 경험을 하고 오기는 했으니까.

그래도 내색해 봐야 좋을 일은 없었다.

"뭐, 그것 외에 또 이상한 건 없고?"

"…글쎄요?"

고개를 갸웃거리는 현유린.

뭔가를 말하려던 현월은 그저 여동생의 머리칼을 가볍게

쓰다듬기만 했다.

방으로 돌아온 현월은 작게 한숨을 쉬었다.

아마도 현유린은 딱히 눈치를 채지 못한 모양이었다.

하긴 바로 옆에서 걷던 현월조차 반신반의할 정도였으니, 그녀로선 꿈에도 모르는 게 당연했다.

그렇다고는 하지만…….

"같은 방에 살수를 두고 싶지는 않은데."

현월은 방 한편의 어둠을 응시했다.

"웬만하면 모습을 드러내 놓고 있는 게 낫지 않겠어?"

스르르.

어둠의 일부가 녹아내리는가 싶더니, 이내 여인의 신형이 나타났다.

금왕이 증표랍시고 던져 놓고 간 여인, 흑련이었다.

"제 정체가 드러나면 현월 님이 난처해질 텐데요."

"…말 잘하는군. 아깐 짤막한 한두 마디만 할 줄 아는 것처럼 보였는데."

"제가 떠들 자리가 아니었으니까."

"뭐, 좋아. 어쨌든 단둘이 있을 때까지 어둠에 숨어 있지 않았으면 좋겠군. 급습당할지도 모른다는 기분이 자꾸 들거든."

"전 현월 님을 해칠 수 없습니다."

"연화식적 때문에?"

흑련은 고개를 저었다.

"금왕께서 그리 명하셨으니까요."

"…대단한 충성심이군. 아니면 정말, 그자가 말한 대로 친손녀와 할아버지처럼 가까운 사이인가?"

"금왕께서는 어린 저를 거두어 키워주셨어요."

"살수로 키웠다는 뜻인가?"

흑련은 다시 고개를 저었다.

"저를 친손녀처럼 귀여워해 주셨습니다."

"…역시 이해가 안 되는데."

현월 역시 과거에 유설태를 아버지처럼 믿고 따랐었다.

또한 그의 밑에서 암제로서 성장하게 되었다.

그 과정은 결코 순탄치 않았다.

죽음의 고비를 넘긴 것도 여러 번, 너무나 고통스러워 차라리 죽고 싶다는 생각도 자주 해보았다.

또한 살행시의 섬짓한 감각, 눈앞에서 사람이 죽어가는 그 감각은 도저히 익숙해지지 않았다.

특히나 죽어갈 때의 눈동자.

그 무저갱 같은 칠흑을 응시할 때면, 현월 역시 나락의 끝자락으로 끌려 들어가는 게 아닌가 하는 착각을 느끼곤 했다.

그럼에도 현월이 살아남은 것은 일종의 부채 의식 때문이었다.

다시는 자신과 같은 처지를 만들지 않겠다는 집념.

다시는 현검문의 비극을 되풀이하지 않겠다는 의지.

'뭐, 결국은 대실패로 돌아갔지만.'

어쨌든 그런 일이 없었던들 현월이 유설태의 밑에서, 그를 아버지처럼 믿고 따르는 일은 없었으리라.

때문에 이해가 되지 않는 것이었다.

자신의 자식과도 같은 아이를 살수로 키운다는 것이.

"복수의 대상 같은 게 있는 건가?"

"……?"

흑련은 물끄러미 현월을 바라봤다.

복면으로 가려진 입가 위로 의외로 부드러운 눈빛이 자리 잡고 있었다.

"너 말이야. 복수할 대상 같은 게 있어서 살수로 키워진 것 아니냐고."

"아뇨. 그렇지는 않습니다."

"그러면?"

"금왕께선 제게 살수로서의 재능이 있다고 말씀해 주셨어요. 그렇다면 그 길을 택하는 게, 그분의 은혜에 조금이나마 보탬이 되는 길이라 생각했습니다."

"보통 힘든 일이 아니었을 텐데도?"

"삶은 누구에게나 힘든 법이니까요."

의외의 한 방이었다.

설마 이런 얘기를, 자기보다 어려 보이는 여인네한테서 듣게 될 줄은 몰랐다.

"그건 그렇군."

피식 웃으며 현월은 이불 위에 드러누웠다.

그 와중에도 흑련은 가지런히 무릎을 꿇고는 다소곳이 앉아 있었다.

"이불을 따로 내줄 테니 거기서 쉬어."

"전 괜찮습니다."

"내가 괜찮지 않아서 그래. 자는 중에 습격이라도 당할까 봐."

"금왕의 말씀을 믿지 않으시는군요?"

흑련의 언성이 약간 올라갔다.

화가 난 것 같기도 하고 토라진 것 같기도 한 어조였다.

"난 그 누구도 믿지 않아."

"그분은 일에 관해서는 결코 거짓말을 하지 않는 분이세요."

"결코나 절대 같은 말만큼 신뢰성 없는 단어도 없다고 보는데."

흑련이 입을 다물었다.

더 말해봐야 소용없겠다고 생각한 모양이었다.

"어쨌든."

현월은 나직이 말을 이었다.

"기왕 주어진 것이니 유용하게 써먹어야겠군. 마침 복색도 내 것과 비슷하니, 당분간 나 대신 암제로 지내줘야겠어."

"뭘 어떻게 하면 되는지요?"

"그건 찬찬히 설명해 주지. 그러니 일단은 눈부터 좀 붙이자고."

"알겠습니다."

흘가분히 대답하는 흑련이었다.

태연한 태도를 보아하니 살행 경험은 꽤나 풍부한 모양이었다.

*　　*　　*

유성삼협이 어느 정도 움직일 수 있게 되자 유백신은 곧장 여남을 떠났다.

현검문 측의 그 누구에게도 알리지 않고서.

그로 인해 불안한 마음이 생기진 않았다.

이번 일로 인한 현월의 무위는 저들의 뇌리에 깊숙이 각인

되었을 테니까.

정말 문제라 할 만한 게 있다면 역시 금왕이었다.

'믿을 수 없는 자다.'

현월이 봤을 때 금왕은 삶에 질려 있는 자였다.

돈, 부, 재력은 세상의 거의 모든 것을 손에 거머쥘 수 있게 해준다.

무력, 권력, 지혜, 여자, 심지어는 세상까지도.

그렇기에 그 삶은 무료할 수밖에 없는 것이다.

금왕이 암류방을 세운 것은 아마도 그 때문일 터였다.

가장 가까이에서 즐길 수 있는 죽음의 냄새.

그 강렬한 자극이 그를 끌어당겼을 것이다.

그런 자라면 무슨 일이든 능히 할 수 있다.

심지어는 거짓말조차 눈 하나 깜빡하지 않고 할 수 있을 것이다.

설령 그것이 자신의 목숨, 혹은 그에 준하는 것이 걸려 있는 경우더라도.

어쨌든 현월로서는 영 일이 복잡하게 되었다.

혈교 하나만 신경 쓰면 될 것 같았는데, 아무래도 그렇게 일이 간단하게 흐르진 않을 듯했다.

'만약 그가 나와의 약속을 어기고 유설태를 찾아간다면…….'

그땐 정말 되돌릴 수 없게 될 것이다.

* * *

유설태는 서한을 읽으며 눈썹을 꿈틀댔다.

믿기 어려울 정도의 악필이었다.

지진이 일어나는 중에 쓰기라도 한 건지 한 획, 한 획의 글자가 지렁이처럼 구불구불했다.

혹은 오른손잡이가 왼손으로 썼거나.

그렇게 생각하지 않고는 도저히 이해할 수 없는 악필이었다.

하나 장난으로 치부하고 넘길 수는 없었다.

그 서신은 분명 유성문주 유백신이 작성한 것이었기 때문이다.

이는 벌써 수하들을 시켜 몇 번이고 확인한 내역이었다.

서신의 내용은 간단했다.

내린 임무를 완수하기 어렵겠다는 내용.

악필을 차치하고 보면 그 내용은 일견 정중하기 그지없었다.

"도대체 무슨 일이 있었던 것인가?"

유설태는 나직이 중얼거리며 턱을 쓰다듬었다.

그가 유백신에게 서신을 보낸 것도 얼마 되지 않은 일이었다.

게다가 이번 일 자체가 그렇게까지 어려운 것도 아니었다.

허창의 세력을 몰고 가 여남으로 향한다.

그곳에서 현검문을 돕겠다는 명분을 얻은 다음 여남의 암흑가를 초토화한다.

그렇게만 하면 실로 간단한 일이었던 것이다.

하나 돌아온 것은 못하겠다는 서한이 전부였다.

그에 대한 설명이라고는 일언반구도 없었다.

"빌어먹을. 뭐가 어떻게 된 건지 모르겠군."

유설태가 잇새로 욕설을 질겅대고 있을 때였다.

"군사님."

시비가 문을 열고 들어왔다.

"손님이 찾아오셨어요."

"손님이라고?"

갑작스러운 내방.

유설태의 눈빛이 착 가라앉았다.

미리 예약을 하지 않고 그를 찾아올 수 있으며, 그 과정에서 어떠한 방해도 받지 않을 자는 천하를 통틀어 다섯이 채 되지 않았다.

유설태는 이내 시비에게 미소를 지어 보였다.

"그래, 손님이 자길 누구라고 소개하더냐?"

"어, 음. 그러니까……."

시비는 한참 동안 골똘히 생각했다.

거북이처럼 느려 터진 반응에 왈칵 짜증이 났으나, 유설태는 내색하지 않았다.

시비가 별안간 손뼉을 쳤다.

"아! 노사라고 하면 아실 거라 하셨어요."

"그렇구나. 알겠다. 안내해다오."

"네! 따라오세요."

시비는 뭐가 그리 신 나는지 총총걸음으로 걸어갔다.

유설태는 살짝 굳은 얼굴로 그 뒤를 따랐다.

"그런데 미우야."

"네, 군사님?"

"내가 전에 일러 주었던 구결은 암송하고 있더냐?"

"헤헤, 네!"

웃으며 대답한 시비가 이내 얼굴을 붉혔다.

"아직 다 외우지는 못했지만요."

모두 합쳐 채 열 글자가 되지 않는 구결이다.

그것을 알려준 게 한 달 전인데 아직까지 외우지 못했다니, 참 머리통이 꽉 막힌 계집이었다.

하나 유설태로선 화를 낼 수 없었다.

'어쨌거나 이 계집은, 아마도 가장 가능성이 높은 적합자일 테니까.'

암황의 후예.

그 존재는 앞으로 유설태가 벌이게 될 계획에 있어 가장 중요한 패가 될 터였다.

무려 이십 년 이후를 내다본 대계.

그것이 통하려면 암천비류공의 전승자가 꼭 필요했다.

그자만이 무림맹을 내부로부터 썩어 들어가게 만들 수 있을 터였기에.

그러니 시비로 둔 이 소녀에겐 싫어도 잘해줘야만 했다.

"어쨌든 익혀놓아서 나쁠 게 없으니, 꼭 외워 놓도록 하렴."

"네. 근데 이걸 항상 외고 다니면, 제 주변에서 나쁜 일이 사라지게 될까요?"

"물론이다. 그 구결들이 네게로 접근하는 횡액들을 막아줄 것이란다."

유설태의 설명에 시비는 설렌 표정을 지었다.

그가 가르쳐 준 구결들이 그녀를 세뇌하게 될 것임은 꿈에도 모른 채.

"여기에요."

시비가 가리킨 후원(後苑)에는 익숙한 얼굴이 있었다.

유설태는 시비를 칭찬한 후 돌려보냈다.

"천하의 무림맹 군사가 보모 노릇을 하느라 고생이 많군."

그 말에 유설태는 대꾸하지 않았다.

그럴 만한 기분이 아니었던 것이다.

유설태는 그를 물끄러미 응시했다.

"그 모습으로 만나는 건 오랜만이군."

"그런가? 하긴 항상 방문하는 쪽은 자네였으니까."

"그런데 무슨 일이지? 우리가 지난번에 만난 지도 그리 오래되지 않았지 않나?"

"그랬지."

"그런데 이렇게 나를 찾아왔다는 것은……."

유설태의 이마 사이로 주름이 파였다.

"혹시 내 사정에 대해 알고서 온 건가?"

금왕은 빙긋 미소를 지었다.

"바로 맞혔네."

*　*　*

"금왕에게서 서한이 왔습니다, 당주님."

"귀찮다 그래."

심유화가 고운 아미를 찌푸렸다.

"일단 얘기부터 들어보시죠?"

"뻔한 거 아냐. 어디서 싸움질 좀 하는 놈 불러왔으니 한번 겨루어보지 않겠는가?"

백진설이 시선을 슬쩍 올렸다.

"아니야?"

"비슷하긴 해요."

"거봐. 귀찮다고 해. 그리고 이러나저러나 혈교 패도궁주인데, 자꾸 딴짓하고 돌아다니면 꼬리 밟혀. 그럼 또 유 노괴가 노발대발할걸."

천하의 유설태를 노괴니 뭐니 부를 수 있는 이는 강호를 통틀어 백진설이 유일할 것이다.

심유화는 터져 나오려는 한숨을 애써 참았다.

"어쨌든 좀 들어나 보세요. 비슷한 것 같으면서도 아니니까요."

"그러지. 어디 한번 말해봐."

심유화는 헛기침을 살짝 했다.

"혈공의 복수를 할 기회를 주겠다는군요."

"그 노인네가 암제란 놈한테 눈독이라도 들이는 모양이지? 기각. 별로 안 내켜."

"이참에 처리하는 편이 낫지 않겠어요? 일장로께서도 그자 때문에 꽤나 골치 썩히시는 모양이던데."

"그거야 유 노괴가 할 일이고. 나와 패도궁이 맡은 일은 어디까지나 감숙성 내에서 힘을 기르는 거잖아. 그 외의 일에 신경을 썼다가 원래 해야 할 일도 망치게 되면 낭패지."

그 자체만 놓고 보면 틀릴 것 하나 없는 말이었다.

다만 그게 백진설의 입에서 나왔다는 게 문제일 뿐.

심유화는 두 손을 허리에 얹었다.

"솔직하게 말씀하세요. 그냥 귀찮으신 거죠?"

"응."

좀 심하다 싶을 정도의 솔직함이었다.

심유화는 무거운 한숨을 뱉었다.

"궁주님만 아니었어도……."

"아니었으면 뭐, 어쨌을 건데?"

"말을 말죠. 하여간 답신은 거절하겠다는 내용으로 보내둘게요."

"어."

그렇게 말하고는 베개에 머리를 파묻는 백진설이었다.

심유화는 고개를 설레설레 젓고 방을 나가려 했다.

"아, 잠깐만."

"왜 그러세요?"

벌떡 일어난 백진설이 말했다.

"가는 길에 숙수더러 오리 백숙 한 마리 쪄놓으라고 해."

"……."

9장

나한 굉유

"자네의 말."

유설태가 차갑기 그지없는 어조로 말했다.

"필경 한 치의 거짓도 없겠지?"

"내가 자네한테 거짓말을 해서 얻을 게 뭐란 말인가?"

"그건… 그렇지."

유설태는 천천히 고개를 끄덕였다.

'설마 이번 일 역시 놈이 손을 쓴 것이었다니!'

그의 머릿속은 충격으로 가득 차 있었다.

금왕이 유설태에게 발설한 이야기는 다음과 같았다.

유백신은 우선적으로 현검문을 찾아가 협조를 얻고자 했으나, 그 과정에서 암제의 습격을 받아 패퇴하고 말았다는 것이었다.

현월의 정체를 밝히진 않았으니, 그에게 한 맹세를 어긴 것은 아니었다.

동시에 유설태에게 암제의 위험성을 재확인시켜 주는 성과도 얻었다.

'자네가 그토록 바라는 혈교의 무리.'

금왕은 속으로 생각했다.

'이제부터 지겹도록 마주치게 될 것이야.'

그는 현월, 정확히는 암제를 키울 생각이었다.

백도 무림의 중심인 무림맹에 맞서는 흑도 무림의 중심으로 만들 생각이었다.

궁극적으로는 무림맹과 혈교, 그리고 암제를 추종하는 무리의 삼각 구도가 탄생할 터.

단순한 양강 구도보다는 그 편의 균형이 더욱 알맞다.

당연히 암류방은 그 사이에서 보다 많은 이윤을 낼 수 있을 터였다.

'또한 그 편이 더 재미있을 테고.'

이미 죽을 때까지 다 쓰지도 못할 부를 축재한 금왕이었다.

그에게 있어 돈을 버는 것은, 그저 재미있기에 하는 일에 지나지 않았다.

거액의 돈을 버리면서도 재미를 느낄 수 있는 일이 있다면, 그는 무조건 그쪽을 택할 것이었다.

어쨌든 일련의 계획의 실현을 위해선 지금 유설태를 움직일 필요가 있었다.

유설태의 혈교 도래의 대계는 긴 시간을 필요로 하는 것이었다.

그렇기에 중간중간 문제가 생기는 것보다는 평탄하게 시간이 흘러갈 필요가 있었다.

그 와중.

암제와 같은 눈엣가시가 나타난다면?

당연히 그것을 처리하기 위해 대계의 실행이 미뤄질 수밖에 없는 것이다.

"그래, 놈을 어떻게 할 생각인가?"

"당연한 걸 묻는군."

유설태의 두 눈에서 불꽃이 튀었다.

"물론 죽여야지!"

"…과연. 그래도 자네답지 않게 이번엔 좀 흥분했구먼."

"흥분하지 않게 생겼는가? 혈공에 이어 관수원, 거기에 자청우까지 당했네. 마음 같아선 당장이라도 그 암제란 놈의 쓸개를 뽑아 씹어먹고 싶네."

"진정하게. 어쨌든 이렇게까지 됐으니, 외부의 힘만으로 해결하긴 어렵게 됐구먼."

그나마 하남성 내에서 가장 믿음직스럽던 게 유성문과 허창연맹이었다.

그런데 그 팻감을 어처구니없게 잃고 말았다.

결국 암제를 처리하려면 유설태가 직접 나서야 할 수밖에 없었다.

'그리고 혈교가 나서야겠지.'

그것을 알았기에 금왕은 이미 중원 곳곳에 서한을 보내 두었다.

혈교의 무리에게 암제를 처리할 생각이 없느냐고 넌지시 묻는 내용의 서한을.

그런 마당에 유설태까지 채근하게 되면, 자연히 그들 중 누군가 하나쯤은 나서게 되리라.

하지만 유설태의 생각은 달랐다.

"아직은 아닐세."

"응?"

"지금은 한창 웅크리고 있어야 할 시기야. 이미 암제, 그놈 때문에 많은 손해를 감수해야 했네. 놈을 처리하자고 더 많은 손해를 입을 수야 없지."

"…하지만 그런 이유만으로 가만히만 있다간, 암제가 더욱 세력을 키우게 될 텐데?"

"물론 그렇게 되게끔 구경만 하고 있을 생각은 없네."

금왕은 이맛살을 살짝 찌푸렸다.

'이 마당에도 이리 깐깐하게 구나.'

어지간한 석불이라도 열 받아 날뛰어야 정상인데 그 시점에 한 번을 더 참는다.

새삼 유설태의 인내심에 경탄과 짜증이 동시에 일어났다.

"그래, 그래서 대체 누구에게 일을 맡기려는가?"

"혈교에 척을 졌다고는 하나 놈 역시 분명한 악도(惡徒)일세. 협을 위해 나서는 이가 한둘이 아닐 걸세."

"협이라. 그런 자를 과연 찾을 수 있겠나?"

"멀리 갈 필요도 없네. 하남성 내에 떡하니 존재하니까."

암제를 압도할 정도의 힘과 의협심.

두 가지를 모두 충족시키는 자가 하남성 내에 있다?

그게 누구일까 생각하던 금왕은 결국 하나의 결론을 도출할 수 있었다.

"자네, 설마……?"

유백신은 고개를 끄덕였다.

"놈이 소림을 상대로도 승승장구할 수 있을지 기대되는군."

* * *

당대 강호 최강의 문파가 어디냐는 질문이 있다면, 그 시점이나 시기에 따라 각양각색의 대답이 나오게 마련이었다.

검공이 득세하는 시기라면 화산이나 무당의 이름이 자주 언급되는 편이었고, 특출한 고수 한 명에 의해 강호의 판세가 바뀔 때엔 그가 속한 사문의 이름이 천하제일로 꼽히기도 했다.

그러나 가장 위대한 방파를 꼽으라 한다면?

그 대답은 시기 여하를 막론하고 한 가지로 귀결되고는 했다.

소림사.

숭산 기슭에 세워진 무림의 뿌리.

수많은 이가 무향(武鄕)으로 꼽기를 주저하지 않는 곳.

가장 악랄한 악도조차도 그 경건함에 자기도 모르게 고개를 숙이게 된다는 곳.

그 대웅전 한 귀퉁이에서, 소림 방장 혜법 대사는 말없이 서신을 읽어내리고 있었다.

그가 소림의 방장이 된 지도 근 삼십 년.

그동안의 강호는 표면적으로는 평화의 시대를 누리는 중이었다.

흑도 무림에서 가장 거대한 세력을 자랑하던 혈교가 붕괴해 버렸고, 그로 인해 악을 자처하는 방파들 역시 궤멸당하거나 쫓겨났다.

그러나 혜법은 그 사실에 만족하지 않았다.

그는 도리어 더 큰 염려를 느꼈다.

'너무나 거대해진 빛은 더 큰 어둠을 불러오는 법. 빛이 밝을수록 그림자는 더 어두워지는 것이 세상의 섭리이니…….'

양(陽)이 있는 곳엔 음(陰)이 따라가게 마련.

그런데 현재의 무림은 지나치게 양에만 치우쳐져 있었다.

애초에 이런 유의 음양론은 불가보다는 도가 쪽의 이론에 가깝긴 했지만, 혜법은 그 생각에 크게 공감하는 편이었다.

문득 고개를 든 그가 동자승을 불렀다.

"굉유를 불러 오너라."

"네에."

이윽고 딱딱한 인상의 무승(武僧) 한 명이 대웅전에 들어섰다.

그저 들어선 것만으로도 대웅전을 메울 것만 같은 장한이었다.

"부르셨습니까?"

"오냐."

인자하게 웃은 혜법이 앞을 가리켰다.

"일단 좀 앉거라."

무승은 성큼성큼 걸어와서는 혜법의 앞에 털썩 주저앉았다.

장한은 족히 팔 척에 준할 정도의 거구였기에, 앉았음에도 혜법을 한참 위에서 내려다보는 형국이었다.

큼지막한 불상 앞임에도 일말의 주저함이나 경건함을 보이지 않는 태도였다.

그나마 몸을 움츠리는 것도 혜법과 눈높이를 맞추려 함에 지나지 않았다.

"네 안의 번뇌는 여전히 들끓는 모양이로구나."

"뭐, 그런 것 같습니다."

"듣자 하니 어제 또 사고를 쳤더구나."

"그냥 실수였습니다. 원천 녀석이 합을 제대로 맞추지 못했어요."

"대나한 명종의 말로는 네 실수로 인해 백팔나한진이 엉망이 되었다더구나."

"대나한이 잘못 알고 있는 겁니다."

대강대강 대꾸하는 무승.

그러면서도 눈을 연신 힐끔거리는 게, 혜법의 눈치를 살피기는 하고 있었다.

"이 땡초의 업보가 깊구나."

"그런 말씀은 마십쇼, 스님. 제가 괜히 미안해지잖습니까."

"네가 미안함을 안다니, 그것이 오히려 놀랍구나."

무승, 굉유는 민머리를 벅벅 긁어댔다.

"불도정진의 방법으로도 번뇌를 떨칠 수 없다면, 차라리 그 번뇌를 더욱 키우는 것도 한 가지 방법이 될 수 있겠지."

"……그게 무슨 뚱딴지같은 소립니까?"

"유성문주 유백신에 대해 알고 있더냐?"

"아, 그 개자식 말입니까?"

굉유는 바닥에 가래침을 뱉으려다 여기가 대웅전임을 알고는 꿀꺽 삼켰다.

"으으, 젠장."

"욕을 삼가거라."

"죄송합니다. 그놈 얼굴을 떠올리니 토악질을 할 것 같아서……."

"너와는 꽤나 얽히고설킨 사이라고 들었다만."

"허창에서 한창 날리던 시기에 놈한테 된통 당하긴 했죠. 뭐, 이걸로는 십초지적도 안 될 놈인데."

불끈 주먹을 쥐어 보인 굉유가 손을 탁탁 털었다.

"그 호로 자식이 어떻게 허창의 무인이란 무인은 죄다 선동을 한 겁니다. 머릿수로 달려드는데 당해낼 재간이 없어서 그날로 내뺐죠."

"그 유백신이 반쯤 폐인이 되었다는구나."

"정말입니까? 그 새끼 천벌 받았나 보네."

혜법이 불편한 듯 눈썹을 꿈틀대자 굉유가 절로 움찔했다.

"죄송합니다."

"너는 다 좋거늘 그 입이 매양 말썽이로구나."

"어쩌겠어요. 원체 이렇게 태어난 몸인걸."

"어쨌든 그 일로 무림맹 군사께서 서한을 보내셨다. 소림에서 힘을 써서, 유성문주를 핍박한 악도를 처단해 달라는구나."

"표창이라도 해야 하는 게 아니라요?"

"너와 어떤 악연으로 엮어 있든 간에, 유성문주는 훌륭한 무인으로 소문이 나 있다."

"그거 다 허풍입니다. 유백신 그놈이 얼마나 교활하고 간교한 놈인데……."

"어쨌든, 나는 이번 일에 너를 파견할 생각이다."

굉유가 한 대 맞은 듯한 얼굴로 혜법을 보았다.

"스님, 설마 저를……."

"내쫓는 것 아니다. 네가 어찌 너를 버릴 수가 있겠느냐?"

"아뇨. 그게 아니라 이제야 저를 놓아주시려는 거냐고 물으려 했는데요."

"……."

"뭐, 이참에 환속(還俗)해도 좋고요. 근데 중은 퇴직금 같은 거 없답니까? 보아하니 시줏돈도 왕창 뜯어내는 것 같던데?"

따악!

"악!"

굉유가 자지러지는 비명을 토했다.

기어코 참지 못한 혜법이 옆에 놓인 죽장으로 어깨를 후려친 것이다.

"이런 빌어먹을 놈!"

한마디를 쏘아붙이고 나서는 끙 하고 침음을 토했다.

"내가 오늘도 네 녀석 때문에 업보를 쌓는구나."

죽장을 내려놓은 혜법이 진언을 외었다.

굉유는 눈물을 쏙 빼는 와중에도 꼭 한마디를 했다.

"스님은 그놈의 아미타불만 외면 만사형통이랍니까? 일 저지르고 나서 반성하실 게 아니라 그냥 저지르지를 마시죠?"

"이놈아, 안 그래도 내가 네놈 때문에 번뇌의 무간지옥에 빠질 참이로다."

"칫. 제가 뭘 어쨌다고."

굉유는 여전히 아픈 듯 어깨를 주물럭거렸다.

혜법은 엄살 그만 부리라는 한마디를 쏘아붙이고는 염주를 만지작거렸다.

"군사의 말로는 여남의 흑도들이 요사이 득세하고 있다더구나. 그중에서도 암제라 불리는 자가 우두머리 노릇을 하는 모양이다."

"암제요? 처음 듣는 놈인데."

"감히 제(帝)의 호칭을 참칭하는 악도인 데다 유성문주까지 놈에게 된통 당한 모양이니, 상대함에 있어 손속에 자비를 두어서는 안 될 것이다."

혜법의 두 눈이 돌연 빛을 토했다.

"내가 천둥벌거숭이 같은 네 녀석을 택한 이유를 알겠느냐?"

"어, 제가 제일 잘나서요?"

"네가 사람 보는 눈이 그나마 뛰어나서 그렇다. 거기에 지나치게 올곧은 성정이 더해지니, 이곳에서는 하루가 멀다 하고 말썽만 피우지만 말이다."

"……."

"또한 네 무공 수위는 백팔나한 중에서도 으뜸이니, 암제라는 자의 암수에도 어렵잖게 대응할 수 있을 것이니라."

다시 말해 굉유의 실력을 유백신보다 몇 배분은 위에 두고 있다는 뜻.

정작 당사자인 굉유의 입장에선 너무나 당연한 일이기만 했다.

"언제 가면 되겠습니까?"

“되도록 빠른 편이 좋겠구나. 지금 이 순간에도 암제라는 자가 어떤 패악을 저지르고 있을지 모르니.”

“저, 그러면 말입니다.”

굉유가 실실 웃었다.

“출장비는 두둑하게 주시는 거죠?”

따악!

* * *

“으으, 빌어먹을.”

거대한 무승이 성큼성큼 걸음을 내딛는다.

다리가 교차할 때마다 땅이 쿵쿵 울릴 것만 같은 보폭이다.

어지간히 담력이 좋다는 사람도 함부로 말 걸기조차 어려워 보이는 거구였다.

칠 척? 아니, 팔 척?

어찌 되었든 말이 나오지 않을 만큼 거대한 것은 확실했다.

더군다나 정수리 쪽에 혹까지 큼지막하게 나 있어, 안 그래도 큰 키를 더욱 커 보이게 만들어주고 있었다.

“며칠이 지났는데도 줄어들 기미를 안 보이니, 원.”

소림의 무승, 굉유는 여남의 거리를 한차례 둘러보았다.

“그런데 그놈을 어디 가서 찾는다?”

막상 떠오르는 방법 같은 게 없었다.

결국은 수소문을 하는 게 최선이었는데, 암제란 이름만 꺼내도 사람들이 혼비백산을 하거나 제 갈 길을 가버렸다.

"하, 그놈 참 업보 한번 더럽게 쌓아놓은 놈인가 보네."

사실 굉유는 업보가 뭔지, 어떻게 해야 없애거나 쌓을 수 있는지 잘 알지 못했다.

그저 악행을 하면 업보가 쌓이고, 선행을 하면 그게 없어진다고만 알고 있었다.

애초에 그가 머리를 깎은 것은 얼마 되지 않았다.

그전까지는 하남성 전역을 정처 없이 떠돌며 해결사 노릇을 했다.

해결사라고는 하지만 실질적으로는 돈 받고 대신 싸워 주는 게 하는 일의 전부였다.

어찌 보면 용병이라고도 볼 수 있을 터.

그래도 실력 하나는 월등했기에 명성은 꽤나 쌓아놓았다.

그래 봐야 하는 일은 대개 더러운 것들이었지만.

속세의 이름은 무정권(無情拳) 탐랑.

돈만 받으면 그 상대가 어린애든 노인이든 가리지 않고 곤죽을 낸다고 붙은 별호였다.

그 당시의 삶은 거의 지푸라기 같은 것이었다.

그것도 물 위에 뜬 지푸라기.

가만히 내버려 두면 아무렇게나 흘러가다가 썩어버리는 인생.

그 인생에 웬 땡추중이 하나 끼어들었다.

기다란 장죽을 든 노인네였다.

어린아이들을 둔 중년 사내를 한창 두들기고 있을 때 홀연히 나타난 노승이었다.

네놈이 무슨 짓을 하는지는 아냐며, 짐승처럼 사는 것이 그리도 좋으냐며 탐랑을 꾸짖었다.

그 소리가 듣기 싫어 박살 낼 생각으로 덤벼들었는데, 오히려 노승의 장죽에 질펀하게 얻어맞고는 뻗어버렸다.

"이 돈을 좇는 짐승아. 어디, 사람처럼 한번 살아볼 생각 없더냐?"

땡추중은 피투성이가 된 탐랑을 앞에 두고 그렇게 말했다.

"어떻게 해야 사람같이 사는 거요?"

노승은 탐랑의 손에 들린 엽전을 툭툭 쳐서 떨어트렸다.

"버리고 비울수록 사람다워지지. 남에게 줄수록 사람다워지고, 받음의 고마움을 알수록 사람다워지지."

"태어나서 들어 본 말 중에 가장 개떡 같은 소리로군."

"그래, 그 개떡 같은 소리야말로 부처에게 다가가는 길이니라."

노승은 손을 내밀었다.

"어떠하냐. 피를 쭉 쏟아내고 나니 좀 상쾌한 것 같지 않더냐?"

탐랑은 고개를 쳐들었다. 별똥별을 쏟아내는 하늘을 뒤로 둔 채 늙은 중은 웃고 있었다.

"어디, 개떡 같은 길을 걸어볼 테냐?"

그가 바로 소림 방장 혜법 대사였다. 어디선가 탐랑에 대한 소문을 듣고는, 그를 계도하겠다며 친히 나선 것이었다.

그리고 그날, 탐랑은 죽고 굉유가 태어났다.

물론 훈훈한 얘기는 여기까지일 뿐이고, 실상 굉유의 삶이 예전보다 나아졌느냐 묻는다면 그는 고개를 저으며 말할 터였다.

거기서 거기라고.

소림사라 하여 별세계(別世界) 같은 곳은 결코 아니었다.

그곳 역시 사람이 사는 곳이었고, 사람이 모여 있으면 으레 생기는 파벌과 다툼도 존재했다.

이에 적응하지 못한 그는 자주 말썽을 피우고는 했다.

모난 돌이 정에 맞는 격이기도 했지만, 어쨌든 본인의 개차반 같은 성미도 한 몫을 했다.

그나마 좋은 점이라면 말동무가 생겼다는 것 정도일 터였다.

"그나저나 이놈을 어떻게 찾는다?"

때마침 여인 한 명이 눈앞을 스쳐 갔다.

빠르게 지나쳤을 뿐인데도 눈과 고개가 홱 돌아갈 법한 미인이었다.

절로 고개가 돌아간 굉유가 자기도 모르게 운을 뗐다.

"소저, 소저!"

"…네?"

미녀가 고개를 돌렸다가 굉유의 행색을 보고는 의아해했다.

그제야 굉유는 자기가 말실수를 했음을 깨달았다.

"아, 젠장. 이게 아니지. 미안하오. 소저가 아니라 시주라고 했어야 하는 건데."

"…스님 맞으신 거죠?"

"물론! 물론이오. 소림사 무승인 굉유라고 하오."

그렇게 말하며 대강 합장을 했다.

사실 그게 제대로 된 합장인지는 굉유 자신도 잘 몰랐다.

미녀도 마주 합장을 해 보였다.

"무슨 용건이신가요?"

"어, 흠. 그게 말이오."

굉유는 새삼 부끄러워졌다.

생각해 보니 이런 아리따운 처자가 암제 같은 악인의 신상 따위를 알까 싶었던 것이다.

그래도 말을 꺼냈는데 그냥 보내는 것도 이상한 노릇이었다.

'모르면 모른다고 하고 말겠지.'

그렇게 생각한 굉유는 에라, 모르겠다 하고 말을 꺼냈다.

"암제라는 흑도인을 찾고 있소만, 혹시 소저… 아니, 시주께서 좀 아시는 바가 있소?"

"글… 쎄요?"

어딘지 모르게 미묘한 반응.

굉유는 그 이질감을 놓치지 않았다.

소림 방장 혜법이 인정할 정도의 눈썰미를 지닌 그였다.

표정과 몸에서 풍겨나는 미묘한 분위기를 읽어내는 것은 그의 특기였다.

"소저, 지금 거짓말을 하고 있구려."

미녀가 돌연 긴장한 표정을 지었다.

굉유의 정체를 궁금해하는 모양이었다.

"그를 왜 찾는 거죠?"

"그야 당연한 것 아니겠소?"

한 발을 든 굉유가 쿵 하고 땅을 내리밟았다.

"음. 그러니까."

"……?"

미녀가 의아하게 쳐다보는 가운데, 굉유는 뒷머리를 긁적였다.

분명 혜법에게서 뭔가 얘기를 듣긴 했는데, 막상 지금 돌이켜 보니 그게 떠오르질 않았다.

"뭐, 어쨌든 놈은 나쁜 놈이오. 그건 소저도 잘 알고 있지 않소?"

"그렇다고 생각하지 않는데요?"

미녀, 유화란은 딱 잘라 말했다.

10장

폐관 수련

'이건 대체 뭐하는 놈이지?'

유화란은 마음속으로 중얼거렸다.

거의 팔 척에 이르지 않을까 싶을 정도로 거대한 체구의 중이었다.

아니, 솔직한 심정으론 어느 산적이 승복을 빼앗아 입은 게 아닌가 싶었다.

'하지만…….'

그렇다고 하기엔 소림의 이름이 걸린다.

아무리 간덩이가 부은 자라도 함부로 팔고 다닐 수 없는 것.

그게 소림이었으니까.

중, 굉유는 뒷머리를 긁적이고 있었다.

"어, 이건 완전히 소 뒷걸음치다 쥐 잡은 격인데."

"……?"

"내가 보기에 소저, 아니 시주는 암제 그놈과 긴밀한 관계 같군. 안 그렇소?"

"글쎄요?"

이번에도 애매하게 대꾸하는 유화란이었다.

기실 여남의 암흑가에서 그녀와 암월방 간의 관계에 대해 모르는 이는 없다.

다만 그것은 뒷세계에만 국한되는 것.

이런 밝은 거리에서는 그녀의 정체를 아는 이조차 손에 꼽을 정도다.

굉유는 팔짱을 끼고 뇌까렸다.

"끙, 여자한테 힘을 쓰고 싶진 않은데."

유화란은 헛웃음을 짓고 말았다.

백주 대낮에 대로에서 힘자랑이라도 벌이겠다는 걸까?

"어쨌든 물어는 봐야겠지. 빈승을 암제 놈에게 안내해 줄 수 있겠소?"

"그러죠."

유화란은 간단히 대답했다.

굉유가 놀란 듯 두 눈을 껌뻑였다.

"어, 정말이오?"

"마침 그에게 가는 길이니 잘됐네요. 따라오세요."

유화란은 걸음을 떼었다.

굉유는 어쩌나 하고 고민하다가 헐레벌떡 그녀의 뒤를 따랐다.

* * *

"그래서……."

제갈윤은 피로한 어조로 말했다.

"그런 자를 그대로 데려왔단 말입니까?"

"백주 대로에서 계속 떠들게만 두는 것보단 나으니까요. 척 봐도 막 나가게 생긴 작잔데, 그냥 둬봤자 말썽만 일으킬 테죠."

여남의 백도 문파들은 동의하지 않을 테지만, 암월방은 보이지 않는 장막 너머에서 여남의 치안을 유지하고 있었다.

당장 사룡방과 은호방이 사라졌을 때만 해도 넘쳐나던 아편굴과 인간 시장은, 암월방의 대두 이후로 자취를 감추었다.

정확히는 암제의 등장 이후로.

여남의 뒷골목에 자리 잡은 공포는, 역설적이게도 여남의 밝은 세계를 지켜주게 된 것이다.

"그렇다고 알지도 못하는 자를 떡하니 데려와 버리면……."

"알고는 있어요."

유화란이 제갈윤의 말을 잘랐다.

"저 사람, 흑도에서는 꽤나 유명한 무인이었거든요."

"예?"

"여남의 흑도 무림엔 예전부터 손 쓸 데 없는 개차반 해결사가 하나 있었죠. 스승님께 몇 차례 이야기를 들은 기억이 있어요. 그냥 내버려 두면 뒷골목 어디선가 칼침 맞고 죽었을 인간인데, 웃기게도 소림의 방장인 혜법 대사가 그를 거두었죠."

"그런 일이 있었습니까?"

유화란은 고개를 끄덕였다.

"대외적으로는 잘 알려지지 않은 사실이에요. 악연도 많은 작자를 거둬봐야 소림의 이름에만 먹칠하게 될 거라고, 아마 금강원로(金剛元老)들은 그리 생각했겠죠."

방장, 혹은 지주가 절의 대표라고는 하나 그 홀로 절을 운영하고 지배하진 않는다.

역사가 깊은 절일수록 으레 원로들이 있어 운영에 대한 조언이나 도움을 주게 마련이었다.

소림에서는 그 역할을 금강원의 네 원로가 맡았다.

다만 문제가 있다면, 그들의 권력이 조언자의 그것을 한참 뛰어넘었다는 것이었다.

제갈윤의 얼굴에 궁금증이 피어났다.

"그자가 대체 누굽니까?"

"무정권 탐랑, 들어본 적 있어요?"

제갈윤은 느릿하게 고개를 끄덕였다.

"낙양문(洛陽門)의 변을 일으킨 그 탐랑 말이군요. 들려오는 얘기가 없어 어디서 죽었거나 다른 성으로 달아난 줄 알았는데."

"지금은 중이 되어 있죠. 저도 처음 봤을 땐 몰랐는데, 데려오는 도중에 겨우 떠올렸어요."

"그가 저자라는 증거는 있습니까?"

"말투와 체구 외에는."

"하긴, 어느 쪽이 되었든 별 상관은 없겠군요. 어차피 위험한 자인 건 마찬가지 같으니."

제갈윤의 표정이 진중해졌다.

"무공 수위는 어느 정도로 보입니까?"

"강해요. 겉으로 느껴지는 것도 최소 유백신 이상인데, 아마 그보다 많은 것을 숨겨놓고 있을 테죠."

결국 암월방 내에서도 현월 외엔 상대할 자가 없으리란

얘기.

그 범위를 여남 전체로 확장시키더라도 아마 마찬가지이리라.

제갈윤이 혼잣말로 중얼거렸다.

"우 선생이 설치해 둔 절진을 발동시킬까……?"

"현 소협을 불러오는 게 나아 보이는데요."

"예? 하지마 암제 님은 지금……."

"폐관 수련 중이죠. 알아요. 그래도 저자는 너무 위험해요."

"그렇다면 차라리 흑 소저를 부르는 편이 낫지 않겠습니까?"

현월은 며칠 전부터 흑련에게 암제로서의 일을 위임하고는 연공실에 틀어박힌 차였다.

금왕의 방문이 큰 자극이 됐던 것이다.

물론 유화란과 제갈윤으로서는 거기까진 알지 못했다.

흑련 역시 현월이 알고 있던 사람인가 하고 지레짐작할 따름이었다.

'그러고 보니 그 소저의 정체도 수수께끼로군. 대체 암제 님은 어디서 그런 실력자를 찾아내신 거지?'

비록 여남의 암흑가를 일통했다고는 하나, 암월방의 전력은 옛 사룡방이나 은호방에도 미치지 못했다.

총 전력이 고스란히 현월 한 사람에게만 집중되어 있었던 까닭이다.

게다가 여남은 꽤나 많은 인구를 지닌 도시.

정주(鄭州)나 낙양, 개봉(開封)과 같은 대도시에 비할 바는 아니나 상당한 규모를 지녔다.

하루가 멀다 하고 암약하는 무리가 생겨나는 것도 자연스런 일이었다.

그 모두를 정리하고, 공포로써 다스리는 것이 암제의 일상이었다.

잊을까 하면 생겨나는 아편굴, 보이지 않는 곳에서 이루어지는 노예 거래, 그 외에도 벌어지는 별별 사건사고.

암제는 그것들 모두에 철퇴를 가했다.

무자비한 칼날과 신출귀몰한 잠행을 통해.

지금까지는 현월 스스로가 짬짬이 시간을 내어 하고 있었던 일인데, 얼마 전부터는 흑련이라는 정체불명의 여고수에게 일을 위임했다.

놀라운 것은 그녀의 솜씨가 현월에 비해서도 크게 뒤떨어지지 않는다는 점이었다.

다만 그 방식은 조금 달랐다.

현월은 상대가 누구든 정체를 숨기진 않았다.

물론 그렇다고 아예 처음부터 정정당당하게 모습을 밝히

고 싸우는 것은 아니었지만.

기습을 가하거나 선수를 펼치기는 하되, 구태여 흔적을 지우려고 들지는 않았다.

무공과 검 외에는 딱히 다른 방식을 사용하지도 않았다.

흑련은 정반대였다.

목표를 제외한 나머지 사람들이 알지도 못하게끔, 고요하고 흔적을 남기지 않는 암살법을 주로 행했다.

필요하다면 극독을 사용하기도 했다.

그래도 결과적으로는 달라질 것이 없었다.

중요한 건 그들이 제거됐다는 사실이었으니까.

유화란은 고개를 저었다.

"이런 대낮이라면 결코 나서려 하지 않을걸요."

"그건… 그렇겠죠?"

우습게도 그녀나 제갈윤은 흑련의 얼굴을 한 번도 보지 못했다.

그나마 현월이 직접 소개해 주겠다며 불러냈을 적에도, 그녀는 복면으로 얼굴을 철저하게 가리고 있었다.

더군다나 밤이 아니면 어지간해선 모습을 드러내려 하질 않았다.

게다가 제갈윤은 기척조차 없이 나타난 그녀 때문에 심장이 덜컥 내려앉을 뻔한 게 여러 번이었다.

"게다가 상대가 소림의 무승이라면 제거하는 게 능사는 아니에요. 자칫하면 소림 자체를 적으로 돌리게 될지도 모르니까요."

"정말 저자가 소림의 무승이 맞습니까?"

제갈윤은 여전히 못 믿겠다는 태도였다.

하기야 소림의 딱딱하고 경직된 구조를 생각한다면 그가 보이는 반응이 정상이었다.

"스승님에게서 들었던 얘기예요. 거짓은 없을 거라고 생각해요."

"…하긴, 소저의 말대로라면 그냥 제거해 버릴 수도 없겠죠. 그럼."

제갈윤이 목을 움츠렸다.

"저자는 제가 상대하고 있어야 합니까?"

"부탁해요. 현 소협을 데려올 때까지."

"끄응. 하지만……."

"그래도 소림의 무승이니, 암제의 수하라 하여 무턱대고 죽이려 들진 않을 거예요."

그렇게 말한 유화란이 방 바깥으로 나갔다.

굉유는 마당에 서 있었다.

팔짱을 낀 채 한쪽 발을 까닥거리고 있는데, 누가 봐도 중이라기보다는 머리 깎은 말 도둑에 가까웠다.

"안으로 들어가서 조금만 기다리고 계세요. 암제를 불러오겠어요."

"놈이 이곳에 있는 게 아니란 말이오?"

굉유의 눈썹이 꿈틀댔다.

그녀에게 속았다고 생각하는 모양이었다.

유화란은 움츠러들지 않았다.

"여남 암흑가의 일인자를 그리 쉽게 만날 수 있으리라 생각했나요?"

"뭐, 그런 건 아니지만……."

"어차피 스님의 방식으로는 몇 날 며칠을 수색해 봐야 암제의 그림자도 밟을 수 없을 거예요. 날 만나지 않았더라면 계속해서 일일이 수소문을 했을 거 아니에요?"

"그거야……."

"기다리세요. 그를 만나게 해드릴 테니."

똑 부러지게 말을 하는 유화란.

이렇게 되니 굉유로서도 할 말이 없어졌다.

애초에 그가 무슨 계획이나 생각을 가지고서 여남에 온 것은 아니었던 것이다.

그저 혜법이 시키니 따른 것에 지나지 않았다.

이제 와 생각해 보니 혜법이 왜 하필 자기를 보낸 걸까 궁금해졌다.

'좀 똘똘한 놈이라도 하나 붙여 줄 것이지.'

굉유는 새삼 혜법이 유감스러워졌다.

물론 그도 생각이 있으니 굉유를 보낸 것일 테지만.

"안에 들어가면 말동무가 되어줄 사람이 있을 거예요. 기다리고 계시면 암제를 불러오죠."

"흠."

"어떻게 하시겠어요?"

"…소저, 아니, 시주를 한 번만 더 믿어보리다."

굉유는 암월방의 본채로 걸음을 옮겼다.

그것을 본 유화란이 몸을 돌려 밖으로 향했다.

벌컥!

문을 거세게 열어젖히니 본채가 통째로 흔들렸다.

실로 무지막지한 괴력이 아닐 수 없었다.

안은 고요했다.

바로 앞에 보이는 큰 방으로 성큼성큼 걸어갔다.

문을 열어젖히니 척 봐도 유약해 보이는 먹물서생 하나가 흠칫 놀라는 것이었다.

"아, 안녕하십니까?"

"……."

굉유는 불편한 기색으로 주변을 살폈다.

"자네 혼자뿐인가?"

"밑에 몇 명이 더 있긴 한데 다들 출타 중이죠. 일이 바쁜 편이라 말입니다."

"힘없는 민초들을 핍박하는 일 말인가?"

제갈윤이 정색했다.

"암월방이 비록 흑도의 방파라고는 해도 그런 일에 손을 대진 않습니다."

"흥! 그 말을 빈승더러 믿으란 말인가?"

"못 믿으시겠다면 드릴 말씀이 없긴 합니다만……."

굉유는 의자를 끌어당겨 털썩 앉았다.

그럼에도 서 있는 제갈윤과 눈높이가 얼추 맞을 지경이었다.

"난 암제란 놈을 단죄하러 왔다."

"유 소저께 들었습니다."

"유 시주는 뭐하는 사람이지?"

"원래는 여남제일표국인 유가표국 국주님의 따님이셨지요. 어찌어찌 흑도 무림으로 흘러들어 오긴 했지만 말입니다."

"흠."

굉유의 눈빛을 살피던 제갈윤이 덧붙였다.

"스님께서는 반대의 경우시라고 들었습니다만."

굉유가 흠칫 놀랐다.

"그녀에게서 들었는가?"

깜짝 놀라는 모습이, 속내를 쉽게 숨기는 성격 같지는 않았다.

제갈윤은 마음속으로 생각했다.

'그녀의 말이 사실이었군.'

* * *

현월의 주변으로 흑색의 강기 덩어리가 날아다녔다.

정확히는 현월의 중심으로 각각의 덩어리가 원을 그리며 부유했다.

그의 호흡에 따라 덩어리들은 한데 뭉치기도 하고, 몇 조각으로 분열되기도 했다.

그럼에도 현월을 중심으로 한 원운동만큼은 멈추질 않았다.

창문 하나 존재하지 않는 연공실 안이었다.

끝없는 어둠이 현월을 보드랍게 감싸고 있었다.

실로 오랜만에 시작한 폐관 수련.

현검문의 다른 사람들은 유백신의 일 때문이라고 짐작했지만, 실상은 조금 달랐다.

'금왕.'

그자의 방문이 현월의 불안감을 부채질했다.

특히나 현월이 알고 있던 혈교의 모습이 전부가 아니었다는 사실은 실로 거대한 충격이었다.

'패도궁주 백진설…….'

금왕은 현월이 그의 십초지적이 되지 못하리라 단언했다.

그의 표정은 그 말이 결코 허풍도, 거짓도 아니라고 역설하는 듯했다.

회귀한 이후의 현월은 전성기의 힘을 상당 부분 회복했다.

녹림맹과의 일전, 그에 이은 혈공과의 사투는 그의 성장을 촉진시켰다.

관수원과 자청우, 유백신을 거꾸러트린 것은 엄밀히 말해 그 결과에 지나지 않았다.

물론 전성기의 실력엔 아직 턱없이 부족한 것이 사실이다.

하나 그 사실에 불안감을 느껴본 적은 없었다.

그는 여전히 성장 중이었고, 일련의 과정은 꽤나 순조로웠으니까.

한데 금왕이 그 여유를 박살 내버렸다.

패도궁과 무한궁의 존재를 알림으로써, 또한 현월이 알고 있던 무림은 빙산의 일각에 지나지 않음을 알림으로써.

특히나 패도궁주 백진설의 존재는 컸다.

금왕은 그가 혹도 무림 서열 삼 위라고 했다.

백도 무림과 별개의 서열이라는 것을 감안한다면, 그 위로도 최소 서너 명의 강자가 존재한다는 뜻.

'어쩌면…….'

전성기의 현월이라 한들 그들에 못 미칠 수도 있었다.

진정 불안감을 촉발시킨 것은 그 사실이었다.

더 강해져야 한다.

그 사실을 몇 번이고 머릿속으로 되뇌었다.

때마침 흑련이 와주었고, 현월은 그녀에게 일을 위임한 채 수련에만 집중할 수 있게 되었다.

그렇게 지낸 것이 며칠일까.

어둠 속에서는 시간 개념이 희박해진다.

몇 번의 해가 떠오르고 졌는지, 몇 차례의 달빛이 땅을 비추고 지나갔는지 알 수가 없게 된다.

그저 끝없이 생각하고 열중할 뿐.

현월은 그 어둠속에서, 지난 과거를 몇 번이고 마주 보았다.

녹림맹에 의한 가족들의 죽음, 유설태에게 거두어져 암제로서 길러진 일, 아무것도 모른 채 무림 명숙들의 목숨을 거둔 일.

그리고 최후의 순간, 모든 것이 화마 속에 파묻혀 가던 날의 기억까지.

그것을 곱씹을수록 단전에서 불길이 이글거리며 타올랐다.

증오의 감정은 현월의 가슴속에 자리 잡은 어둠에게 양분이 되었다.

그 어둠은 단전의 내공과 한데 뒤섞여 체내 밖을 휘도는 강기로 화했다.

암천강기단련술(暗天罡氣鍛鍊術).

자칫하면 심마에 먹혀 주화입마에 빠질 수도 있는 방법이었다.

하나 그 효과만큼은 분명했다.

그럼에도 불구하고, 원래의 현월이라면 택하지 않았을 방법이었다.

약간의 위험 요소라도 존재한다면, 웬만해선 그것을 피하는 편이 나았으니까.

그러나 지금의 현월로서는 다른 방도가 없었다.

차근차근 길을 밟아가기엔 몸속의 초조감을 억누를 길이 없었으니까.

'내게 과연 얼마나의 여유가 있을까?'

원래대로라면 혈교가 준동하는 것은 이십 년 후의 미래다.

지금까지는 그 사실을 근거로 아직은 여유가 있다고만 생각해 왔다.

'하지만…….'

지금의 생각은 달랐다.

이십 년이란 기간은, 금왕이 갖은 수를 써 가며 백도와 흑도 간의 균형을 맞추었기에 벌 수 있었던 시간일 터.

그의 갖은 방해를 뚫고서 유설태가 충분한 세력을 확보하는 동안 걸린 시간이 이십 년이란 뜻이다.

하지만 현월의 등장으로 그것이 어긋나게 되었다.

혈교가 다소간의 피해를 입었다고는 하나 이는 그야말로 빙산의 일각.

금왕 역시 회귀 전의 과거처럼 혈교를 견제하기만 하지는 않을 것이다.

엄밀히 말하자면 그가 어떻게 나올지는 알 수 없다고 하는 게 정확했다.

하나 그것이 마냥 현월에게 유리하게만 작용하진 않으리라.

오히려 그 반대일 가능성이 높았다.

'어쩌면 유설태보다 그자가 위험할지도.'

현월은 내심 한숨을 쉬었다.

그저 혈교에 복수할 수만 있으면 좋다고 생각했다.

그들의 야욕을 저지하고, 유설태의 가슴팍에 검을 꽂아넣는다면 만사형통이라 생각했다.

현실은 그처럼 간단하지 않았다.

수많은 관계가 거미줄처럼 뒤엉켜 있고, 그 하나하나가 위험하기 짝이 없다.

무림이란 그런 곳이었다.

그때 현월은 기묘한 느낌을 받았다.

"……?"

감각이 극도로 예민해진 탓일까.

누군가 연공실로 다가온다는 것이 느껴졌다.

'시간도 꽤나 흘렀을 테니.'

현월은 느리게 심호흡을 하며 회전 중인 암천강기의 덩어리들을 체내로 끌어들였다.

활화산처럼 들끓는 기운을 흡수하니 뱃속이 한층 뜨거워졌다.

기운을 발산하지 않고 억누르다간 그대로 폭발할지도 몰랐다.

그렇다고 마구잡이로 펼쳤다간 주화입마의 기폭제가 될지도 몰랐고.

'귀찮게 됐구나.'

쓴웃음을 지으며 연공실의 문을 열어젖혔다.

"……!"

흠칫 놀란 얼굴의 유화란이 그곳에 서 있었다.

현월이 먼저 운을 뗐다.

"무슨 일이 있나 보군."

"…네, 그런데 그걸 어떻게?"

"그냥. 그럴 거라는 느낌이 왔소."

"정말로요?"

유화란이 미심쩍은 눈으로 현월을 보았다.

그래 봐야 그녀가 무얼 알까 싶었지만.

"무슨 일이오?"

현월이 재차 물으니 그녀가 더듬더듬 설명을 했다.

"소림사의 무승?"

"원래는 흑도에서 이름을 날렸던 해결사예요. 어쩌면 소림의 중이 된 이후로도 비슷한 일을 하고 있는 건지도 모르겠네요."

"소림사……."

현월이 나직이 중얼거리자니, 유화란이 말했다.

"숭산에 있는 절이죠. 방장은 혜법 대사시고, 구파일방에서도 가장 영향력이 있다는 세 문파 중 하나예요."

무림에 발끝이나마 담그고 있다면 모를 수가 없는 얘기.

현월의 반응이 특이해서 농담조로 말한 것인데, 그는 예상외로 미간을 찌푸렸다.

"혜법……?"

"뭔가 문제라도 있어요?"

"아니, 아무것도 아니오."

고개를 가로저으며 대꾸하는 현월.

그러나 표정은 결코 아무것도 아닌 게 아니었다.

캐물을까 생각한 유화란이었으나 이내 마음을 바꿨다.

물어봐도 대답해 주지 않을 거란 느낌이 강하게 들었다.

'이것도 운명인가.'

현월은 마음속으로 뇌까렸다.

혜법 대사는 과거, 그가 암제였던 시절에 암살했던 이들 중 하나였다.

11장

심안의 소유자

“그러니까.”

굉유의 눈매가 가늘어졌다.

“녀석이 있기에 여남의 평화가 유지된단 말이렷다?”

“요약하자면 그렇습니다.”

“헛소리! 지금 누굴 속이려 드는 것이냐? 빈승 역시 흑도 출신이라 놈들에 대해선 잘 안다.”

굉유는 단정 짓듯 말했다.

“호의를 베푸는 상대방을 업신여기는 건 일상이고, 강한 자에게 고개를 조아리며 약한 자를 우습게보는 게 흑도란 족

속들이다. 그 앞에서 조금만 약한 모습을 보여도 금세 이빨을 들이밀고 보지. 말을 할 줄 안다는 것 빼면 야생의 늑대들과 다를 게 없어."

"물론 스님의 말씀은 옳습니다만."

제갈윤이 넌지시 말했다.

"그건 백도 역시 마찬가지잖습니까?"

"……."

굉유의 눈이 이채를 띠었다.

"자네, 이름을 보아하니 제갈가 출신인 듯한데."

"뭐, 그렇죠."

"나름대로 사연이 있나 보군."

제갈윤은 어깨를 으쓱였다.

"이 바닥에 사연 없는 사람이 몇이나 있겠습니까?"

"그건… 그렇지."

굉유는 가만히 고개를 끄덕였다.

"그러고 보면 노인네도 그랬어."

"노인네요?"

"스님, 아니, 방장님."

굉유가 뒷머리를 긁적였다.

"나야 잘 모르겠지만, 방장님은 항상 누군가와 갈등하고 계신 것 같더군. 쳇, 나더러는 번뇌하자 말라고 말버릇처럼 종알대는 양반이, 볼 때마다 눈 안에 번민을 담고 있단 말이지."

불가 정종이라는 소림조차도 그 안은 곪아 들어간 상태였다.

오랜 세월 축적된 인습과 관례는 갖가지 파벌과 갈등을 만들어낸 지 오래였고, 그것을 뜯어고치는 것은 곧 소림 자체의 기반을 흔드는 일이 된 지 오래였다.

마치 내장에 기생한 종양처럼.

그 배후에 있는 것이 금강원로들이었다.

종양을 허투루 떼어내려 하다간 내장까지 상하게 될 터.

그 내상은 목숨까지 위협하게 될 터였다.

할 수 있는 일이라곤 그저 종양이 다른 데로 전이되는 것만을 어찌어찌 막아내는 일뿐.

일견 평온해 보이는 소림의 일상은, 혜법과 금강원로들의 보이지 않는 알력 싸움으로 점철되어 있었다.

'어쩌면 혜법 대사는, 그런 까닭에 이자와 같은 이를 받아들인 건지도 모른다.'

제갈윤은 그렇게 생각했다.

제갈세가의 사정 역시 소림과 크게 다르진 않았던 까닭이다.

하나 그는 혜법과 달랐다.

불의에 맞서는 대신 정든 집을 떠났다.

절이 싫으면 중이 떠나야 한다던가?

정작 중인 혜법은 싫은 절에 남았는데, 자신은 정든 집을 떠나 눅눅한 뒷골목을 전전해 왔다.

그 끝에 현월을 만났고, 나름대로 보람차다 할 수 있는 지금의 일을 맡게 됐지만 말이다.

아마 현월을 만나지 않았다면, 제갈윤은 지금쯤 차디찬 시체가 되어 거리에 버려졌을지도 모른다.

'그런데…….'

제갈윤은 새삼스러운 눈으로 광유를 보았다.

'이자, 멍청한 것치고는 꽤나 눈썰미가 있는 걸지도.'

첫 대면에서 유화란의 속내를 간파했고, 이번엔 제갈윤의 사정까지 꿰뚫어 보았다.

딱히 말투나 표정에 별다른 암시를 남기진 않았었는데도.

'단순히 눈대중이 좋은 건가?'

그러고 보면 저 소림의 방장이라는 혜법이 이 아둔한 자 하나만을 달랑 보낸 것도 이상한 일이었다.

생각이 있다면 어리숙한 그를 보조할 수 있게 머리 좀 굴러가는 중을 붙였어야 정상인데 말이다.

'설마……?'

*　　*　　*

"굉유를 홀로 여남에 보내셨다고요?"

매미 소리가 울리는 소림사의 방장실(方丈室).

혜법은 젊은 중과 독대하고 있었다.

새파랗게 어리다고 할 수 있을 것이다.

머리털을 깎은 자리는 파란 흔적이 남아 있고, 준수한 얼굴은 처녀의 그것인 양 깔끔하고 정돈되어 있다.

세월의 흔적이 침범하려면 한참은 남은 직한 얼굴.

입고 있는 승복이 아쉬워질 정도의 미남자다.

그는 바로 단 세 명뿐인 대나한 중 하나인 범화였다.

소림 내에서 대나한의 지위는 결코 낮은 것이 아니었다.

방장, 그리고 그와 동급의 배분을 지닌 네 명의 금강원로, 그 외 열 명이 채 안 되는 장생전(長生殿)의 노승들을 제외한다면 가장 높은 배분을 지녔다고 할 수 있을 것이다.

범화와 같은 젊은 중으로서는 실질적으로 올라갈 수 있는 가장 높은 지위라 할 수 있으리라.

그가 족히 열 살은 위일 굉유를 낮춰 부르는 것도 당연했다.

애초에 굉유의 지위가 그만큼 낮기도 했지만.

"당장 귀환시켜야 합니다."

"자네도 그리 말하는군."

심각하기 그지없는 범화와 달리 혜법은 엷은 미소를 입가에 머물고 있었다.

"방장님, 굉유는 야생마 같은 자입니다. 그가 혹 소림의 이름에 누를 끼칠 짓이라도 벌인다면 큰일입니다."

"얼마 전의 사고처럼 말인가?"

백팔나한이라고는 하나 말단 중의 말단인 굉유가 범화와 마찬가지로 대나한의 지위를 지닌 명종과 한바탕 시비가 붙었다.

황당한 건 다른 무승들이 말리기 전까지 우위를 점하던 게 굉유였다는 사실이다.

기실 다른 나한들은 그가 곤죽이 되도록 얻어터지리라 생각했다.

그래서 둘의 싸움을 말리지 않고 도리어 부추기기까지 했다.

그런데 그런 결과가 나버렸으니, 대나한의 위신이 땅에 떨어진 것이나 다름없었다.

"제 불찰입니다. 설마 굉유가 명종에게 대들 줄은 꿈에도 몰랐습니다."

"뒷얘기가 있다고 들었네만."

"예?"

"이 늙은이 앞에서 시치미를 떼려는가?"

잠시 침묵하던 범화가 한숨을 쉬었다.

"방장님 말씀대로입니다. 평소 명종을 비롯한 무리가 굉유를 알게 모르게 핍박한 모양입니다."

"그리고?"

범화가 말을 머뭇거렸다.

"소승은 거기까지밖에는……."

혜법은 빙그레 웃었다.

"그렇다면 됐네."

미묘한 대답에 범화의 표정이 굳었다.

"그들이 굉유에게 무슨 짓을 더한 것입니까?"

"굉유 본인이 말하지 않았으니 되었네. 말할 만하다고 생각했다면 이미 말했을 테지."

상황을 봉합 짓는 동시에 여운을 남기는 한마디.

꽤나 능숙한 언변이었고, 그게 먹혔는지 강직한 무승인 범화는 이미 뭔가를 결심한 듯한 얼굴이었다.

추후 며칠 동안은 나한들의 하루하루가 꽤나 고될 터였다.

범화는 무승들을 달달볶아 무슨 일이 있었는지 알아낼 테고, 그 여파는 고스란히 금강원의 원로들에게까지 전해질 것이다.

'그 늙은이들도 호법인 범화까지 어찌 하진 못하겠지.'

게다가 화풀이 대상인 굉유는 바깥에 있는 상황.

금강원로들도 한동안은 열불을 속으로만 삭여야 할 것이다.

혜법은 내친 김에 말을 이었다.

"또한 이 땡추가 괜히 굉유 홀로 여남에 파견 보낸 것은 아니다. 그는 자네가 생각하는 것보다 빼어난 인재거든."

범화가 동의하지 않는다는 듯 미간을 살짝 구겼다.

"명종 건과는 별개로, 굉유는 여전히 언제 터질지 모르는 화산 같은 자입니다. 게다가 그의 전적을 생각해 보면 신뢰하기 어렵습니다."

"전적이라. 어떤 것 말인가?"

"확인된 것만 총 일곱 건의 살인, 방장님께서 그를 계도하러 가셨을 적에도 부모 앞에서 아비 되는 자를 반쯤 죽이려 들지 않았습니까?"

세간에 알려진 것과 같은 사실이었다.

하나 혜법은 빙그레 웃을 따름이었다.

"그가 아이들의 친부가 아니라면 어떻겠나?"

"예?"

"그가 사실은, 아이들에게 소매치기를 가르친 후 매일같이 착취하던 악한이었다면?"

"그런 얘기는……."

범화로선 처음 듣는 것이었다.

혜법은 엷은 웃음을 띤 채 말을 이었다.

"물론 굉유가 정의감의 발로로 인해 그 사내를 두드려 팬 것은 아니었지. 하지만 애초에 굉유에게 사내를 두들겨 패게끔 의뢰한 것이 그 아이들이란 사실은 알려져 있지 않지."

"그런……!"

"낙양문의 사건도 그러했지. 본래 의뢰자는 낙양문이었네. 근처의 약소 방파인 소천문(素川門)을 낙양에서 쫓아내 달라는 것이었지. 소천문이 가지고 있는 논답을 빼앗기 위함이었어."

"……."

"자세한 사정까지는 모르네만, 결과적으로 굉유가 박살 낸 것은 소천문이 아닌 낙양문이었지. 그 덕에 막대한 현상금이 걸린 채 쫓겨 다니는 신세가 되었지만 말이야."

"방장님의 말씀은, 굉유가 의협심에 따라 행동했다는 것입니까?"

"그럴 수도 있고 아닐 수도 있지. 이 땡추 역시 굉유가 의협행을 했다고만 생각하진 않네. 하지만 그에게 특이한 재주가 있다는 것은 알지?"

"특이한 재주라니요?"

"자네도 알지 않던가?"

혜법은 범화의 두 눈을 응시했다.

"특이한 체질을 지닌 무인들 중 극소수는, 영능이라 불리는 능력을 타고난다는 것을 말이야."

"그야……."

범화 역시 잘 알고 있었다.

그 역시 영능의 주인이었던 까닭이다.

범화가 지닌 영능은 무원인지(武元認知)의 재주였다.

그는 두 눈으로 한 번 본 무공을 고스란히 기억할 수 있었다.

물론 기억하는 것과 그것을 펼치는 것은 별개의 문제이긴 했지만.

이는 그 어느 방파보다도 깊고 방대한 무공 역사를 지닌 소림 안에서 특히나 힘을 발했다.

범화는 소림의 상징과도 같은 칠십이절예(七十二絶藝)는 물론, 십팔나한공(十八羅漢功)과 소림오권(少林五拳)을 비롯한 수많은 무공을 머릿속에 새기고 있었다.

선천심공인 무상심공(無上心功)이 허락하는 내에서라면, 그는 소림에 존재하는 그 어떤 무공조차 펼치는 게 가능했다.

그것이야말로 그를 약관을 겨우 넘긴 나이에 대나한의 지위에까지 올려놓은 동력이라 할 수 있었다.

"그렇다면."

범화가 내쳐 물었다.

"굉유가 지닌 영능은 무엇입니까?"

"사실 자네의 것에 비하자면 영능이라 불릴 만한 것도 아니지. 더군다나 굉유 본인은 그런 능력을 지녔는지도 모르고 있을 게야. 그렇기에 무의식중에만 그 능력을 발하고 있는 게지."

잠시 뜸을 들였던 혜법이 말을 이었다.

"그는 심안의(心眼)의 소유자. 타인의 심중에 숨어 있는 진실과 거짓을 가려낼 줄 안다네."

* * *

덜컥 문이 열렸을 때 제갈윤은 비로소 살았다는 심정이 되었다.

그리 적대적이지는 않다고는 해도, 굉유와 같은 자와 한 방에 있는 것은 심적 부담이 상당한 일이었다.

"오셨군요."

굉유가 고개를 돌렸다.

그리 크다고 하기는 어려운 체구의 사내가 하나.

그 옆에는 유화란이 있었다.

"안 죽고 살아 있었네요, 제갈 공자."

"그 공자 소리는 좀 빼주십시오. 그나저나……."

현월의 얼굴을 살핀 제갈윤이 흠칫 놀랐다.

그는 복면을 비롯해 정체를 가릴 만한 것은 아무것도 소지하지 않은 채였다.

'괜찮으려나?'

이미 상당수가 현월의 정체를 알아챘다고는 하나, 그렇더라도 기왕이면 정체를 드러내지 않는 편이 좋았다.

어쩔 수 없이 알려진다면 또 모르되, 구태여 자신이 드러낼 필요까진 없었다.

하나 현월은 대수롭지 않은 태도였다.

정체가 밝혀지는 게 두렵지 않은 것일까?

'그게 아니라면…….'

한 가지 경우의 수가 있긴 했다. 목격자를 살려두지 않는 것.

'암제 님은 저 무승을 죽이려는 걸까?'

그렇게 했다간 자칫 소림과 적대하는 관계가 될지도 모른다.

그리고 소림은 유성문이나 허창의 잡다한 문파들과는 그 궤를 달리하는 대문파였다.

이견의 여지가 없는 구파일방의 으뜸.

무당이나 화산 등이 치고 올라올 때가 있기는 하나, 소림처럼 기복 없이 항상 영향력을 발휘했던 문파는 이제껏 존재하지 않았다.

그런 소림과 맞붙게 된다는 것은 한 가지만을 의미했다.

'암월방의 궤멸…….'

제갈윤이 마른침을 삼키고 있을 때, 현월은 물끄러미 굉유를 응시하는 중이었다.

"날 찾는다고 들었는데."

"네가 암제라고?"

굉유가 미심쩍은 듯 되물었다.

"그렇다."

현월은 흔들림 없는 태도로 대답했다.

하나 평소와 달리, 그 태도는 굉유의 의심을 한층 부채질했다.

'이런 놈이 그 악한이라고?'

비록 유백신을 혼쭐을 내줬다고는 하나, 혜법의 말이나 세간의 평을 종합해 보면 암제는 악인이었다.

공포로서 여남의 암흑가를 지배하는 사마외도였다.

그런 그와, 지금 굉유 앞에 있는 사내가 전해주는 느낌은 사뭇 달랐다.

굉유는 유화란에게로 고개를 돌렸다.

"소저! 날 속이려는 게요?"

"속이다뇨? 그는 암제가 맞아요."

"거짓말! 어디서 굴러먹다 온 서생이라도 하나 데려 온 것 같은데, 내게는 통하지 않소!"

유화란이 작게 한숨을 쉬었다.

제대로 데려다 줘도 저런 헛소리라니.

현월이 나직이 운을 뗐다.

"정말 그렇게 생각하나?"

"뭐라고?"

"소림 방장도 웃기는 작자로군. 이렇게 눈썰미 없는 자에게 임무를 줘서 보내다니. 입적(入寂)할 때가 되었다더니 판단력도 흐려진 건가?"

굉유의 눈동자에 살기가 스쳤다.

"네놈이 뒈지고 싶어 환장을 했군."

"어차피 얼굴만 보고 돌아갈 생각은 아니었지 않나?"

현월 역시 살기를 발했다.

화악!

방 안이 순간적으로 어두워졌다.

구름 한 점 없는 날인데도 창가를 통해 들어오는 햇살이 순간적으로 흐릿해질 정도였다.

그 순간 굉유는 깨달았다.

'이놈이 맞다!'

삽시간에 돌변한 현월이 내뿜은 살기는 귀기에 가까웠다.

한둘을 죽여서는 얻어낼 수 없는 섬뜩한 기운.

그런 자는 괭유의 평생을 통틀어서도 단둘뿐이었다.

언젠가 한 번 스치듯 지나갔던 자. 이름이 백진설이라 했던가?

지금은 어디서 무얼 하는지 알 수 없는 사내였다.

나머지 하나는 지금 눈앞에 있었다.

"흐읍!"

쿠웅!

기합성을 내지르는 것과 진각을 밟는 것은 거의 동시였다.

현월은 유화란을 옆으로 밀쳤다.

동시에 뒤로 몸을 날렸다.

콰직!

방문이 터져 나감과 동시에 현월의 신형이 바깥을 향해 복도를 내달렸다.

그 뒤를 두 배는 됨직한 괭유의 신형이 뒤쫓았다.

"타앗!"

괭유가 기어코 일권을 내질렀다.

격산타우의 수법이 섞여 있는 격권이었다.

팡! 팡! 팡! 팡!

일장씩의 공간을 연달아 격해 나간 권강이 기어코 현월을 따라잡았다.

현월은 암천비류공의 소혼장으로 전방에 장막(掌幕)을 만들었다.

쾅!

기어코 막대한 폭발과 함께 현월의 신형이 본채 밖으로 튕겨졌다.

가볍게 땅을 구르는 현월.

옷이 살짝 찢어진 것 외에 타격은 없었지만, 손바닥이 살짝 얼얼했다.

'상당한 내공.'

내가기공의 으뜸 방파를 꼽자면 거의 모든 세대에 걸쳐 입방아에 오르내리는 것이 소림사다.

하나 굉유의 내력은 소림의 정순함과는 약간 차이가 있었다.

'그러고 보니 본래는 사마외도라 했던가?'

어찌 한 것인지는 몰라도 한 사람의 체내에 흑도의 사공과 소림의 정공이 한데 똬리를 틀고 있었다.

아마도 방장인 혜법이 무언가 수를 쓴 게 아닐까 싶었다.

"놈!"

뒤이어 뛰쳐나온 굉유가 득달같이 우수를 뻗었다. 갈퀴처럼 모아진 손아귀가 현월의 눈으로 향했다.

금나수를 통해 그대로 안구를 뽑아버리겠다는 의도였다.

현월은 자세를 낮추는 동시에 굉유의 안으로 파고들었다.

퍼억!

그대로 권격을 질러 굉유의 흉부를 후려쳤다.

그런데 쩌엉 하는 느낌과 함께 주먹이 튕겨지는 게 아닌가?

'금강불괴(金剛不壞)!'

소림을 대표하는 또 하나의 반탄공이었다.

유화란에게 듣기로 출가한 지 몇 년이 채 안 됐다는데, 어떻게 이런 경지에까지 오른 건지 신기하기만 했다.

"흥!"

굉유는 그대로 팔을 벌려 현월의 몸을 부둥켜안았다.

소림 무공과는 궤를 달리하는 단순 무식한 방법.

필시 흑도의 뒷골목에서 체득한 것이리라.

콰아아악!

무지막지한 힘이 현월을 옥죄었다.

평소라면 붙들리기 전에 빠져나갔을 텐데, 굉유의 속도는 체구를 감안하지 않더라도 질풍 같았다.

'이런 자가 고작 나한에 불과하다고?'

못해도 유백신보다 서너 수는 위의 강자다.

하남성 내에서도 능가할 자를 찾기 힘들 터.

으드득.

관절들이 기묘한 소리를 내기 시작했다.

그 아무리 대단한 무인이더라도 외공만으로는 단련할 수 없는 게 안구와 내장, 관절 등인데 굉유는 집요하게 그곳을 노리고 있었다.

"크……!"

현월이 기어코 침음을 토했다.

어지간한 격통쯤은 참을 수 있었으나 굉유의 괴력은 간단히 참아낼 수준이 아니었다.

현월은 고개를 뒤로 젖혔다가 그대로 내리찍었다.

퍽!

단순한 박치기. 굉유만큼이나 간단하고도 격식을 벗어난 공격이었다.

굉유의 콧등이 부러져 걸쭉한 피를 쏟아냈다.

그러나 옥죄는 힘은 도리어 증가됐다.

"큭큭! 제법이로구나!"

"……!"

으드드득.

관절들이 뒤틀리기 시작했다.

그대로 두면 반각도 지나지 않아 반병신이 되어버릴 터.

현월은 할 수 없이 체내의 내력을 끌어 올렸다.

다행히 그의 몸속엔 들끓고 싶어 안달이 난 기운이 남아 있었다.

'암천강기!'

그 휴화산 같은 기운을 분화시켰다.

콰앙!

현월은 몸속으로부터 터져 나오는 굉음을 들었다.

이윽고 막대한 양의 경력이 현월의 온몸으로 내달리기 시작했다.

기혈과 맥락만으로는 부족함을 느낀 기운이 폭주하듯 체외로 터져 나왔다.

현월을 부둥켜안고 있던 굉유는 그 힘에 고스란히 직격당했다.

"크읏!"

저 멀리 남만에 존재한다는 대형 독사의 독기가 이러할까?

척 봐도 사기가 넘실대는 흉물스런 기운이 굉유의 몸을 향해 뿜어져 나왔다.

치지지직!

살갗이 타오르기 시작했다.

흑색 강기가 굉유의 몸으로 파고들려 했다.

그와 함께 피부를 저미는 듯한 격통이 몰려왔다.

금강불괴로도 막아낼 수 없는 기운이었다.

"젠장!"

굉유는 할 수 없이 두 팔을 풀었다.

현월은 즉시 그의 흉부를 발로 차내며 뒤편으로 빠져나왔다.

"……."

급히 몸 상태를 살폈다.

무릎과 팔꿈치, 골반 등의 관절이 삐걱거렸다.

곧장 가볍게 타격하여 맞추었는데도 뼈마디가 시큰거렸다.

'정말 힘 하나는 무식한 놈이군.'

현월은 고개를 설레설레 내저었다.

굉유 역시 혀를 내두르고 있었다.

'실로 기괴한 무공을 사용하는 놈이로구나.'

두 사람은 잠시 서로를 노려보며 대치했다.

[가세할까요?]

현월에게로 나직한 전음이 흘러들어 왔다.

지켜보고 있던 흑련의 한마디였다.

[됐어.]

현월은 딱 잘라 거절했다.

그가 시선을 끌고 흑련이 암습한다면 일격으로 끝날 일이었지만 그러고 싶지는 않았다.

굉유를 죽여서 득 될 것이 없었기에.

혹시나 하여 그녀에게 물었다.

[저자, 죽이지 않고 제압할 수 있겠어?]

[힘들 것 같은데요.]

빠르게 돌아오는 대답.

하기야 저런 몸뚱이라면 점혈도 먹히지 않을 테고, 소림의 심공을 익힌 만큼 내가중수법에도 강한 면역력을 지녔으리라.

결국 정면으로 쓰러트리는 게 최선이었다.

현월은 검을 뽑아 들었다.

12장

신승(辛勝)

굉유의 눈썹이 꿈틀댔다.

"검수였나?"

"보시다시피."

"그런 것치고는 박투술에 조예가 좀 있군."

"별별 놈들과 싸워봤으니까."

현월의 대꾸에 굉유는 코웃음을 쳤다.

"흥! 약관의 애송이 주제에 허세를 부리는구나."

현월은 대꾸하지 않았다.

허세로 받아들인다면 오히려 좋은 일이었다.

그만큼 방심한다는 의미가 될 테니까.

하나 굉유는 떠든 것과 달리 한껏 긴장한 표정이었다.

현월의 암천강기의 위력을 맛본 까닭이었다.

암천강기는 마치 독성을 지닌 것만 같았다.

끈질기게 그의 몸뚱이에 달라붙어 타격을 입히고 있었는데, 소림의 심공인 범천공(凡天功)으로도 떨쳐내기가 힘들었다.

"흐읍!"

그는 무거운 호기(呼氣)를 토했다.

그와 동시에 팔 척 거구가 한층 부풀어 올랐다.

나한강체술(羅漢强體術).

순간적으로 체내의 잠력을 격발해 근력과 순발력 등, 전반적인 신체 능력을 강화시키는 수법이었다.

쾅!

굉유가 땅을 박찼다.

그의 발이 딛고 있던 바닥에 균열이 생길 정도의 힘.

다음 순간 그의 신형은 현월의 왼편을 점하고 있었다.

통나무 같은 팔뚝이 쇄도했다.

"……!"

현월은 자세를 숙여 전방으로 치고 나갔다.

어설프게 방어했다간 검은 물론 팔까지 부러지리라 판단

한 것이었고, 그 계산은 옳았다.

부웅!

공기를 찢어발기는 소리.

굉유의 주먹 끝이 아슬아슬하게 현월의 귓불을 스쳤다.

퍽 하는 소리와 함께 귓불이 찢어져 피를 쏟았다.

현월은 곧장 신형을 반전시키는 동시에 굉유의 허벅지를 베어 들어갔다.

나선첨(螺線籤)의 일 초.

회전하는 검극이 닿는 순간 그대로 거죽을 원형으로 도려낼 것이었다.

"흥!"

굉유는 코웃음을 치면서도 몸을 훌쩍 띄웠다.

적중당했다간 금강불괴마저 꿰뚫리리란 것을 간파한 까닭이었다.

그는 큼지막한 편백나무의 가지 위로 올랐다.

그리 굵지도 않은 가지가 그 무거운 몸뚱이를 용케 지지했다.

'아니, 그게 아니라…….'

초상비, 혹은 그에 준하는 경지의 경신을 펼친 것일 터.

무지막지한 외관과 달리 굉유의 공부가 꽤나 탄탄하다는 게 짐작됐다.

굉유는 그 자세에서 몸을 띄우고는 반 바퀴 회전시켰다.

그리고 나무줄기를 그대로 걷어차며 앞으로 쇄도했다.

쿠우웅!

우수수—

장정 서넛이 달려들어도 두르지 못할 굵기의 나무가 좌우로 흔들리며 나뭇잎과 잔가지를 쏟아냈다.

그 쏟아지는 이파리 사이로 굉유의 거체가 짓쳐 들었다.

이번에는 쉽사리 피하기 힘든 속도.

현월은 도리어 앞으로 치고 나갔다.

둘의 신형이 겹치는가 싶더니, 쇠와 쇠가 충돌하는 육중한 굉음이 울렸다.

카앙!

격돌의 중심에서 무언가가 튕겨 나왔다.

피를 쏟는 현월의 신형이었다.

아니, 정확히는 피가 묻었다고 해야 하리라.

"큭!"

굉유가 왼 어깨를 움켜쥐며 침음했다.

그의 어깻죽지로부터 흘러내린 피가 회색 승복을 붉게 물들였다.

하지만 그는 씨익 웃었다.

"내 승리다!"

뚝!

동시에 부러져 나가는 현월의 검신.

흑운철제인 현인검이 아니라 보통의 검을 가지고 나온 게 실수였다.

부모님으로부터 받은 것이기에 아끼는 마음도 있었지만, 그보다는 굉유가 현인검을 쓸 정도의 상대가 아니란 생각이 더 컸다.

'너무 여유를 부렸나?'

기실 야음지간의 일전이었던들 보통의 장검만으로 승리를 확정할 수 있었으리라.

하나 지금은 훤한 대낮.

전력의 감소는 어쩔 수 없었다.

'아니…….'

오히려 그동안 어둠속의 전투로 인한 이점을 봐왔다고 표현하는 게 옳을 것이다.

어쨌든 현월로서는 반성할 게 많은 한 판이었다.

"현 소협!"

일전을 지켜보던 유화란이 검을 뽑아 던지려 했다.

하나 굉유가 한발 앞서 일갈을 토했다.

"끼어들지 마라—!"

"……!"

심중까지 뒤흔드는 위력의 사자후.

내성이 없는 제갈윤이 코피를 흘리며 쓰러졌고 유화란의 얼굴 역시 파랗게 질렸다.

굉유는 소리를 치고 나서야 아차 싶었다.

근본이야 무엇이 됐든 그는 현재 소림의 무승.

무고한 이들을 공격한 것이 마음에 걸렸다.

'아니, 아니지!'

유화란도 제갈윤도 결코 무고한 이들이 아니다.

저 암제와 어떤 형태로든 엮여 있는 자들이 아닌가.

굉유는 마음을 다잡으며 현월을 돌아봤다.

"지금이라도 패배를 인정……."

현월은 돌진하고 있었다.

부러진 검의 양 조각을 양손에 쥔 채.

우수엔 검신의 밑동과 검병을, 좌수엔 검신의 검극을 쥐고 있었다.

양쪽 모두에서 시커먼 검강이 치솟고 있는 것은 말할 것도 없었다.

'이런!'

단순히 부러트렸다는 사실만으로 방심하고 말았다.

부러지든 박살이 났든, 날이 살아 있는 한 그것은 훌륭한 무기임을 망각했다.

"큭!"

굉유는 지척까지 쇄도한 현월을 향해 쌍장을 뻗었다.

현월이 앞서 펼쳤던 것처럼, 거대한 무형의 장막이 펼쳐졌다.

현월은 우수의 검병을 휘둘렀다.

파직!

두 기운이 순간적으로 상쇄되었다.

우수만으로 쌍장과 동률을 낸 것이니 현월의 내력이 한 수 위라 볼 수 있는 장면이었다.

파삭.

연이은 강기를 버텨내지 못한 검병이 가루가 되어 부스러졌다.

현인검에는 못 미치더라도 근처에서 찾기 힘든 명검인데도 결국 이 꼴이었다.

'하지만!'

아직 하나가 더 남아 있었다.

현월은 우수를 떨쳤다.

그의 손을 벗어난 검신 조각이 전방을 향해 쇄도했다.

쐐액—!

날아드는 쇳조각을 보며 굉유는 각오를 다졌다.

피하기에도 늦었고 재차 강기 장막을 펼치기에도 늦었다.

결국 남는 선택지는 하나뿐이었다.

'금강불괴공을 믿는다!'

굉유는 꼿꼿이 선 채로 내력을 흉부와 복부에 집중시켰다.

그런 그의 가슴팍 한가운데로 강기를 두른 칼날 조각이 쇄도했다.

퍼억!

육중한 소리와 함께 칼날 조각은 반쯤 틀어박혔다.

결코 얕다고는 할 수 없는 깊이.

그러나 내장까지 상하는 것은 막았다.

그때 현월 역시 몸을 날렸다.

"큭!"

양팔을 휘둘러 쳐내려 했지만 기어코 틈을 찾아 들어왔다.

현월의 신형은 굉유의 팔 사이로 미끄러져 공중에서 반 바퀴 회전했다.

조금 전 굉유가 보였던 것과 유사한 수법.

다만 차내는 것이 나무줄기가 아닌 칼날 조각이라는 게 차이였다.

퍽!

차내는 동시에 발끝에다 천근추의 묘리까지 실었다.

칼날 조각은 끝부분만을 살짝 남긴 채 굉유의 몸 안으로 파고들었다.

흉골을 가르고, 어쩌면 내장에까지 가 닿았을 터.

"크르륵."

굉유의 입으로 피거품이 쏟아졌다.

그는 기가 막힌다는 눈으로 가슴팍과 현월을 번갈아 바라보았다.

"젠장."

그의 거구가 무너져 내렸다.

현월은 한숨 돌리고는 굉유의 몸을 살폈다.

쓰러진 척하고 기습할 가능성이 아주 없지는 않았기에.

굉유의 호흡은 미약했다.

기감을 통해 맥박과 혈류 역시 느려진 게 느껴졌다.

가사 상태에 빠진 게 분명했다.

"죽은 건가요?"

그세 다가온 유화란이 물었다.

현월은 고개를 저은 다음 말했다.

"잘했소."

"네? 그게 무슨 뜻이죠?"

"소저가 신경을 돌려 준 덕에 치명상을 먹일 수 있었으니까."

유화란이 아미를 찌푸렸다.

"비꼬는 건가요?"

"그럴 리가."

현월은 딱 잘라 부정했다.

"싸우는 도중에 신경을 판 쪽이 잘못이지, 신경이 팔리게 한 사람을 잘못했다고 할 수는 없지."

"그건… 그렇죠."

"암흑가의 의원을 좀 수배해 줄 수 있겠소?"

유화란은 고개를 끄덕였다.

"알겠어요."

현월은 제갈윤에게로 고개를 돌렸다.

"서신을 하나 준비해 줄 수 있겠나?"

"서신이요? 누구에게 보낼 생각이십니까?"

"소림 방장."

제갈윤의 입이 살짝 벌어졌다.

"네에?"

"그냥 두었다가 이자로부터 소식이 끊긴 걸 알게 되면 소림에서 가만히 있을 리가 없지. 그것만은 미연에 방지해야 하잖아?"

제갈윤은 느릿하게 고개를 끄덕였다.

"그럼, 뭐라고 보내면 되겠습니까?"

"내가 찾아가겠다고 전해."

제갈윤의 몸이 그대로 경직됐다.

"아무리 암제 님이라도 그건……."

"무리라는 건가? 그래도 다른 방법은 마땅히 떠오르지 않는군. 더 좋은 생각이 있다면 조언해도 좋아."

"당장 떠오르는 건… 없습니다."

"그럼 일단 서신부터 준비해 줘."

현월은 마지막으로 흑련을 불렀다.

"소림 기공을 익힌 작자니 점혈만으로는 부족할지도 몰라. 몇 번 그쪽 무공을 익힌 자들을 상대해 봤는데, 모종의 방법으로 기혈의 억압을 깨트리더군. 그래서 말인데 마비산이 필요해. 가지고 있는 게 있어?"

"몇 종류를 구비해 뒀습니다. 필요하다면 자백제도 있는데요."

"필요하게 되면 부탁하지."

현월은 마지막으로 제갈윤을 다시 불러 장원을 정리하게 했다.

수하들을 부르기 위해 제갈윤이 밖으로 달려 나갔다.

그때까지도 굉유는 널브러진 채였다.

하기야 가슴팍 한가운데를 일곱 치 칼날이 파고들었는데 움직일 수 있다면 괴물이리라.

그 와중에도 호흡하느라 가슴이 오르내리는 걸 보면, 굉유 역시 반쯤은 괴물이라 해도 이상할 게 없었다.

*　*　*

"탐랑, 그러니까 굉유 본래 안휘성 합비(合肥) 출신입니다. 듣기로는 남궁세가 가솔의 자식이란 말도 있고, 황산(黃山) 근처에서 활동한 화적 출신이란 말도 있습니다만, 어느 쪽도 확실하진 않습니다."

하오문도의 말을 현월은 흘려 넘겼다.

굉유의 출신 따위야 아무래도 좋았다.

"소림 내 그의 지위는?"

"백팔나한의 말단입니다. 그래도 출가 시기를 생각해 보면 이례적인 승급이긴 합니다."

현월도 소림의 백팔나한에 대해 들어본 적은 있었다.

보통은 백팔나한진으로 유명한 그들이었고, 그 때문에 하나하나가 고수라기보다는 진법을 정연하게 펼친다는 느낌이 강했다.

그런데 굉유를 상대해 보니 그게 아님을 여실히 깨달을 수 있었다.

'이 녀석만 한 고수가 백팔 명이나 된다면…….'

그들만으로도 능히 여남은 물론, 하남성 전역을 무릎 꿇릴 수 있으리라.

"백팔나한이란 자들이 모두 절정 고수인가?"

"그렇지는 않습니다. 굳이 수준을 논하자면 대체로 이급에서 일급 사이인 걸로 압니다."

"그래?"

아무래도 굉유가 특출한 편인 듯싶었다.

하긴 그렇기에 이례적인 승급을 했을 테지.

"하나 그들을 각기 삼십오 인씩 맡아 통솔하는 세 명의 대나한은 일문의 문주들을 능히 능가하는 실력이라 할 수 있습니다."

"…유백신과 비교한다면?"

"객관적인 사료를 가지고 있지 않으니 어느 쪽이 위라고 섣불리 판단하기 힘듭니다. 분타에 분석을 위탁한다면 또 모르겠습니다만."

"주관적인 판단은 어떻지?"

물끄러미 현월을 바라보던 하오문도가 말했다.

"유백신은 그들의 백초지적이 되지 못할 겁니다. 지금으로써는."

"그렇군."

현월은 화제를 돌렸다.

"어쨌든 그간의 행보로 봐선, 굉유가 소림 방장에게는 꽤나 의미 있는 존재인 모양이지?"

"아마도 그렇지 않을까 싶습니다. 대나한 범화를 제외한다면 혜법 대사가 가장 신뢰하는 사람일 겁니다."

"알겠다. 나가 봐도 좋아."

고개를 조아린 하오문도가 밖으로 향했다.

그가 문을 열려고 할 때 현월이 지나가는 투로 물었다.

"꽤 유능한 듯한데, 이름이 뭐지?"

하오문도는 슬쩍 고개를 돌렸다.

"궁사독이라 합니다."

"앞으로 잘 부탁하지."

궁사독은 고개만 살짝 조아리고는 나가 버렸다.

현월이 가만히 기다리니, 얼마 지나지 않아 서아현이 집무실로 들어왔다.

"알아냈어요. 무림맹 측으로부터 소림으로 모종의 서신이 발신됐던 모양이에요."

무림맹 통천각은 중원 전역에 정보망을 뻗고 있었고, 통천각 이급 이상의 요원이라면 이를 무리 없이 이용하는 게 가능했다.

물론 그녀는 맹을 탈퇴한 뒤였으나, 우습게도 그녀의 기록 자체는 말소되지 않은 상태였다.

아마 일이 알려지는 걸 두려워한 통천각주 무단걸이 내버려 둔 것일 가능성이 컸다.

서류상으로 그녀는 여전히 통천각 요원인 것이다.

물론 언젠가는 갱신이 될 테지만, 그때까진 중원 전역의 첩보들을 이용할 수 있을 터였다.

"내용까지는 알 수 없소?"

"힘들어요. 다른 것도 아니고 군사실에서 발신된 서신이니까요. 발신이 됐다는 사실만 겨우 알아냈어요."

현월은 고개를 끄덕였다.

어차피 내용쯤은 대강 예상이 되었다.

"에구, 힘들다."

서아현은 집무실 한쪽의 침상에 앉으며 허리를 두드렸다.

그걸 엄살이라고만 하기도 어려운 게, 그녀는 아직 진기를 회복 중인 상태였다.

지난번 탈진한 여파가 남은 몸이었던 것이다.

그런 몸으로 첩보가 있는 허창까지 다녀왔으니, 상당히 피로할 터였다.

"유성문 다음은 곧바로 소림사인가요? 당신도 어지간히 운이 없네요."

"예전부터 악운만 강했지."

"혹시 도박 같은 것 해본 적 있어요?"

"아니……."

나직이 중얼거리던 현월이 이내 말을 바꿨다.

"생각해 보니 한 번 해본 적이 있군."

"이겼어요?"

현월의 망막에 그날의 눈발이 스쳐 지나갔다.

자신을 둘러싼 혈교도들과, 그 사이로 음울히 웃고 있는 유설태의 얼굴.

"승패는 나지 않았소."

"그래요? 대체 어떤……?"

자세한 내막을 물어보려던 서아현이었으나, 현월의 표정을 보고는 생각을 바꿨다.

"물어도 안 말해줄 거죠?"

"그렇소."

"알겠어요. 남의 일 꼬치꼬치 캐묻는 건 적성에 안 맞기도 하고."

현월은 쓴웃음을 지었다.

그녀가 말한 것은 결국 통천각 요원의 일이거늘, 그게 적성에 안 맞다니.

하긴 탈맹한 시점에서 생각해 보면 딱히 틀린 말 같지도 않았다.

현월은 그녀를 불러 세웠다.

"혹시 궁사독이란 이름에 대해 알고 있소?"

"……."

서아현이 조금 놀란 눈으로 고개를 돌렸다.

"그 이름은 어디서 들었어요?"

"유명한 이름이오?"

"대로십삼검(大路十三劍) 궁사독이라면 나름대로 명성이 있다고 봐야겠죠. 몇 안 되는 하오문의 특수 전력이니까요."

"대로십삼검?"

"하오문에서 손꼽히는 열세 명의 전투 요원이에요. 대체로 하오문이 무력과는 관련이 없는 방파지만, 그들 열세 명만큼은 예외죠."

"강한가?"

"하오문 최후의 보루라는 말이 있을 정도니까요. 어중이떠중이들과는 확연히 다르죠."

서아현이 잠시 뜸을 들였다가 덧붙였다.

"궁사독은 그중 제삼검이에요. 변초의 달인이란 얘기가 있으니 기억해 두세요."

"그렇군."

"그런데 그자 얘기는 왜 물어요?"

"아무래도 허창 지부에서 보내온 하오문도들 중에 그가 끼어 있는 것 같소."

"…정말로요?"

"본인이 직접 이름을 말하더군. 풍기는 기도 역시 보통은 아니었소."

서아현의 얼굴이 진중해졌다.

"조심하세요. 그가 왔다는 건 필요에 따라 당신을 칠 수도 있다는 거니까요."

"유념하지."

현월은 고개를 끄덕였다.

13장

나찰승

감숙성. 명사산(鳴沙山).

명사산은 여느 산과는 달리 모래만으로 이루어진 사산(沙山)이었다.

찌는 듯한 열사 위에 홀로 우뚝 솟아 있는 그 모습은 인간의 접근을 불허하는 자연의 뜻을 연상케 한다.

감히 겁도 없이 기어오르는 이, 찌는 듯한 열기와 텁텁한 공기에 질식해 죽으리라.

산은 마치 생명을 향해 그렇게 경고하는 것처럼 우뚝 서 있다.

하나 그런 곳에도 생명은 존재했다.

자그만 사막 전갈이나 독사들이야 새삼스러울 것은 없다.

모래벌판은 그들의 고향이고 그들의 요람인 동시에 그들의 무덤이 될 테니까.

하나 그 외의 존재라면 충분히 특이한 존재로 비칠 수 있으리라.

예컨대, 지금 명사산 정상에서 사위를 굽어보고 있는 소년 같은 자라면.

"……."

비록 소년의 외관을 지녔으되, 그를 어린아이로 보는 이는 그에 대해 모르는 이들뿐이다.

그에 대해 알고 있다면 만나는 즉시 둘 중 하나의 반응을 보일 것이었다.

경외.

혹은 경멸.

심령당주 노혈경은 말없이 그곳에 있었다.

"흠."

그의 손아귀엔 종이 한 장이 들려 있었다.

열사가 튕겨내는 햇빛에 메말라 빳빳하게 굳어버린 선지(宣紙).

조금만 건드려도 부스러져 버릴 것만 같은 그 종이엔 기묘한 내용이 적혀 있었다.

서신은 금왕이 보낸 것이었다.

"암제라는 놈이 그토록 강한가? 저 금왕이 일전을 주선할 만큼?"

노혈경의 눈엔 불신의 기색이 강하게 서려 있었다.

그 역시 금왕과는 약간의 연이 맞닿은 관계였다.

젊을 적, 그러니까 반로환동하기 전에 한 차례 만나본 기억이 있었다.

당시의 그는 돈이 필요했고, 금왕이 주선한 일전에서 겨우 승리할 수 있었다.

하나 그로 인해 왼팔이 마비되고 말았다.

하필 상대방이 독의 대가인 사천당가의 가주 후보 중 하나였던 까닭이다.

더군다나 전력이 반감된 상태로 당가의 암살자들을 맞아야 했다.

그곳에서 겨우 목숨만 건진 채 중원의 서녘 끝, 감숙성까지 도망쳐야만 했다.

물론 나쁘기만 한 기억은 아니었다.

암살자에게 쫓기는 과정에서 그의 공부는 한 꺼풀을 벗어 던졌고, 그 덕에 반로환동하는 동시에 왼팔 역시 나았으니 말이다.

무엇보다도, 이름난 고수를 죽이던 때의 감각이 소름끼치게 좋았다.

기실 감숙성에 뿌리를 내리고, 심령당을 만들어 위명을 쌓아가던 과정은 실로 순탄했다.

상단은 노략하며 얻어낸 재화는 그의 삶을 부유케 했고, 그로 인한 위명은 수많은 이의 부러움과 경외를 사게 하기에 충분했다.

더군다나 감숙성은 그 위치상 무법도시의 숫자도 꽤나 많았기에, 사마외도이자 수배자인 노혈경조차 돈만 있으면 환대받을 수 있었다.

물론 같은 이유로 살수들 역시 도시를 들락거릴 수 있어, 잠자리에서도 긴장을 놓을 수 없었지만 말이다.

'그러고 보면 별별 꼴을 다 봤지.'

한 번은 질펀하게 밤새워 달린 계집이 새벽녘에 독 발린 단검을 들고 덤벼든 적도 있었다.

물론 노혈경의 상대는 되지 못했지만.

그 대가로 계집의 몸에 단검을 꽂아주었었다.

반 시진 전만 해도 그의 것이 들락거리던 자리에다.

감숙성은 실로 재미있는 곳이었다.

오직 모래만이 가득한 전경도 그의 성미에 꽤 들어맞았다.

흘러내리는 모래를 보고 있노라면 부스러지는 뼛가루와

같아 흡족했던 것이다.

어쨌든 이곳에서 지내는 동안, 그나마 위기라 할 만한 것은 한 번뿐이었다.

그것도 그리 오래되지 않은 일이었고.

'패도궁주…….'

노혈경은 백진설에 대해 생각했다.

'그에게는 큰 빚을 졌지.'

나름 일가를 이루었다 할 수 있는 노혈경을 일수에 제압했을 뿐만 아니라, 그에게 깨달음의 계기까지 손수 제공했다.

이쯤 되면 제아무리 사마외도라 할지라도 경외하여 무릎을 꿇을 수밖에 없는 것이다.

'너무나 큰 빚을 졌어.'

노혈경은 다시 한 번 서신을 보았다.

서신은 암제란 자를 다음과 같이 설명하고 있었다.

혈교를 적대시하며 그들의 목적을 방해하려는 자라고.

다시 말해 백진설의 적이란 뜻이었다.

'그냥 둘 수야 없지.'

암제란 놈이 누구인지, 뭐하는 놈인지는 중요치 않았다.

하나 놈이 노혈경의 은인인 백진설을 방해하려 든다는 건 꽤나 중요한 사항이었다.

다행히 감숙성과 하남성 사이의 직선거리는 그리 멀지 않왔다.

물론 이는 노혈경의 기준일 뿐.

중간에 끼어 있는 섬서성의 동서 거리만 해도 족히 천 리는 되었다.

초절정 고수인 노혈경에게 있어 별 의미가 없을 뿐이었다.

그는 마음을 정했다.

"하남성, 여남으로 간다."

노혈경은 몸을 돌렸다.

그의 뒤로는 심령당의 무인들이 부복하고 있었다.

무인이라고는 하나, 차림새나 하는 짓을 살피자면 차라리 마적 떼에 가까운 자들이었다.

"따라올 놈만 따라와라. 중도에 이탈하는 놈은 그대로 버리고 갈 테니."

수하 중 하나가 슬쩍 고개를 들었다.

"어, 안 가는 놈은 어쩐답니까?"

노혈경의 눈에 돌연 살기가 스쳤다.

"마음 같아선 강시귀로 만들어 짐꾼으로 써먹고 싶다만……."

수하들이 꿀꺽 침을 삼켰다.

"그런 놈들은 데려가 봐야 방해만 되겠지. 기련산으로 가라. 가서 내 얘기를 전하고 패도궁주의 밑으로 들어가면 걸식은 면할 게다."

"감사합니다, 당주님!"

하나같이 저리 소리치는 게, 따라갈 놈은 아무래도 없는 모양이었다.

노혈경은 이마를 찰싹 때렸다.

"어이구, 이딴 놈들을 수하랍시고 데리고 다녔다니."

사실 생각해 보면 당연한 결과가 아닐까 싶었다.

어차피 짐꾼 대용으로 들인 수하들이었으니까.

기분이 더럽거나 필요할 때는 강시귀로 만들어 쓰기도 했고 말이다.

게다가 감숙성에 올 때도 홀로 왔으니, 나갈 때도 홀로 나가는 것이 어울리겠다는 생각이 들었다.

"흠. 이로써 심령당도 끝이구먼."

남부의 공동파와 더불어 감숙성을 양분해 온 유서 깊은 방파가 바로 심령당이었다.

물론 공동산 자체가 사천성과의 경계에 있기도 했고, 명문정파인 공동파에 비하면 심령당은 도적 떼에 지나지 않았지만 말이다.

어쨌든 심령당의 역사는 여기까지였다.

패배한다면 노혈경의 유지를 이을 이가 없을 테고, 승리하더라도 이곳으로 돌아올 생각은 없었으니까.

"이참에 여남에 둥지를 트는 것도 나쁘지는 않겠지."

* * *

"부르셨습니까, 방장님."

"여기에 앉게."

범화는 혜법이 깔아놓은 방석 위에 조심스레 앉았다.

혜법은 대뜸 서신 하나를 그의 앞에 내놓았다.

"이것은……?"

"읽어보게."

범화는 서신에 시선을 두었다.

우선적으로 눈에 들어오는 것은 깔끔한 필체였다.

작성자는 필시 서예에 조예가 깊은 듯했다.

그렇기에 그 내용은 한층 충격적이었다.

"…굉유가 붙들린 모양이군요."

"그러하네."

혜법의 목소리는 담담했다.

끓어오르는 노기를 주체하지 못하는 범화와는 정반대였다.

"백팔나한을 집결시키겠습니다."

"백팔나한은 왜?"

왜라니?

범화는 새어 나오려는 반문을 애써 억누르며 말했다.

"악도 암제와 암월방의 무리를 징벌해야 합니다."

"왜 그들을 징벌해야 하는가?"

"예?"

기어코 반문이 터져 나왔다.

"말해보게."

범화는 혜법의 눈을 응시했다.

혜법의 시선은 맑고도 잔잔했다.

결코 힐난하거나 시비를 걸려는 의도가 아님을 알 수 있었다.

그 앞에서 거짓말을 고한다는 것은 생각조차 할 수 없는 일이었다.

"두 가지 이유 때문입니다."

"두 가지라?"

"하나는 저들이 소림의 사승(使僧)을 포로로 잡았기 때문이고, 다른 하나는 저들이 감히 소림에 협박을 해왔기 때문입니다."

"협박이라."

혜법은 담담히 중얼거렸다.

"그 서신엔 암제라는 자가 직접 찾아오겠다고만 적혀 있지, 달리 협박을 의미하는 단어는 없는 걸로 아네만."

"그자가 소림에 직접 찾아올 의미가 뭐가 있겠습니까? 필시 굉유를 인질 삼아 방장님을 상대로 거래를 하려 함이 틀림없습니다."

"그야 아직은 알 수 없는 일이지."

"예? 하오나……."

"첫 번째 이유 역시 타당하지는 않네. 아마도 싸움을 먼저 건 쪽은 굉유였을 테니까. 굉유의 성정이야 자네도 잘 알지 않은가?"

범화는 의아한 눈을 했다.

대체 왜 혜법은 악도의 편을 드는 것일까?

"흥미가 생기지 않나?"

"흥미… 라고요?"

"유설태는 암제가 의를 모르며 교활하기 그지없는 간악한 자라고 했지. 이 땡추 역시 그 말을 반쯤은 믿었고. 하지만 이 서신은 그간의 편견을 송두리째 날려 버리는 한 수로군."

"어째서 그렇습니까?"

"그렇지 않은가? 정녕 그가 악독하고 교활한 자라면, 서신을 보내 직접 찾아오겠다고 말하는 대신 다른 방법을 택했을 걸세. 보다 효과적이면서 치명적인 방법을 말이야."

그러고 보면 이런 종류의 서신을 보낸다는 건 실로 투박한 방법에 지나지 않았다.

더군다나 소림에 찾아오겠다는 것도, 객관적으로 봤을 땐 결코 좋은 생각은 아니었다.

'방장님께선 거기까지 생각하셨구나.'

범화는 불현듯 발가벗은 기분이 되었다.

혜법의 설명을 듣고 나니 조금 전까지 성난 망둥이처럼 날뛰던 자신이 부끄러워졌다.

"죄송합니다, 방장님."

"하나를 알고 하나를 비운다는 건 좋은 일이지."

일견 선문답 같은 말로 답변을 대신하는 혜법이었다.

"하여, 이 땡추는 암제라는 자를 정식으로 초청하고 싶네."

"…괜찮으시겠습니까? 안 그래도 금강원의 늙은이들이 방장님의 허물을 찾기 위해 눈알이 벌게져 있을 텐데요."

"감내해야지. 모진 바람을 두려워해서야 그 어떤 초목도 자라낼 수 없을 걸세."

범화는 새삼 경건해졌다.

혜법이 말을 이었다.

"자네가 그 답신을 가져다주었으면 하네만."

"…제가 말입니까?"

"그렇다네. 가능하다면 그에게 잘 말하여 굉유 또한 데리고 왔으면 하네."

아무나 할 수 있는 일은 결코 아니다.

애초에 혜법은 서신에 대한 얘기 또한 범화에게만 넌지시 했을 가능성이 높았다.

그만큼 그를 신뢰한다는 뜻.

그 뜻을 저버릴 마음은 없었다.

"최선을 다하겠습니다."

* * *

"크……."

나직한 침음을 흘린 굉유가 흐릿한 눈을 연신 껌뻑였다.

상당한 시간이 흘렀던 듯, 그의 속눈썹엔 눈곱이 진득하니 붙어 있었다.

시계는 쉽게 밝아지지 않았다.

아마도 몸속을 감도는 약기운 때문일 터였다.

"여기는 어디지?"

"기억나지 않나요?"

익숙한 여인의 목소리였다.

한참 머릿속을 더듬은 굉유가 이름 하나를 겨우 떠올렸다.

"유화란 소저?"

"시주라고 불러야겠죠. 어쨌든 맞아요."

"나는 어떻게 된 거요?"

"보아하니 극락에 간 것 같진 않네요."

굉유는 그 말이 농담인지 진담인지도 한참 동안 생각해야 했다.

"아직은 살아 있나 보군."

"앞으로도 한동안은 살아갈 수 있겠죠. 스님을 죽일 만한 강자를 또 만나기 전까지는요."

굉유는 정신이 번쩍 뜨이는 기분이었다.

"암제! 놈은 어디에 있지?"

"여기에 있다."

역시나 익숙한 목소리였다.

더불어 굉유를 분기탱천하게 만드는 목소리이기도 했다.

"제기랄……!"

새삼 싫은 기억이 떠올랐다.

암제에게 패하던 때의 기억, 더불어 칼날이 가슴팍을 파고들던 때의 흉측한 감각이.

몇 차례 눈을 깜빡이고는 겨우 놈의 위치를 찾아냈다.

현월은 얼마 떨어지지 않은 벽에 비스듬히 몸을 기대고 있었다.

그 모습을 보자니 절로 으르렁거리는 소리가 뱃속에서 흘러나왔다.

"네놈……!"

"오랜만이군."

"신수가 훤해 보이는구나."

"그런 것 같군. 그쪽과는 달리 말이지."

"제기랄! 날 놀려먹으려고 살려둔 거냐?"

"딱히 그렇지는 않아. 고작 그런 이유만으로 사람을 살리고 죽이는 기분파(氣分派)는 아니라서."

현월은 담담한 어조로 용건을 말했다.

"우선은 물어야겠군. 왜 나를 죽이려 한 거지?"

"그야 뻔한 것 아니더냐? 네놈이 무림의 해악이 될 수밖에 없는 악도이기 때문이다!"

"겉치레 같은 말들일랑 집어치우지. 소림의 방장은 무림맹 군사 유설태의 서신을 받은 건가?"

굉유의 거구가 움찔했다.

"그, 글쎄? 나야 아는 바가 없어서……."

"알려줘서 고맙군."

굉유는 그 말뜻에 대해 한참이나 생각해야 했다.

자신의 태도 때문에 속내를 들켰다는 것도 뒤늦게 깨달을 수 있었다.

'이런 빌어먹을.'

약기운 때문인지 머릿속을 어지러웠다.

굉유는 답답한 심정으로 중얼거렸다.

"제기랄. 대체 내게 무슨 약을 먹인 거냐?"

"원래는 탕약에다 마비산을 풀어서 먹이려 했지만."

현월은 어깨를 으쓱였다.

"그럴 필요는 없을 것 같더군. 안 그래도 칼날 빼내고 상처를 봉합하는 동안 피를 많이 흘려서, 약을 쓸 필요가 없을 만큼 기력이 쇠해졌지."

"자칫하면 죽을 뻔했어요."

유화란이 거들 듯이 말했다.

굉유에겐 딱히 위안이 되지 않는 말이었다.

"젠장. 그래서 뭐 고맙다는 얘기라도 들을 거라 기대했소?"

"그럴 리가요. 그런 건 기대도 안 했어요."

"소저 역시 저놈과 마찬가지로군. 얼굴만 예쁘지 알맹이는 완전 마귀나 다름없어. 내게 접근한 것도 나를 홀리기 위한 수작이었소?"

유화란의 아미가 움찔했다.

"접근하다뇨? 먼저 말을 건 사람은 스님이었어요."

"소저가 앞을 스쳐 갔기 때문이잖소? 설마 나를 유혹하려 했던 거요? 이 요녀! 석가모니를 꾀려고 했던 것도 네년들이렷다!"

"…한 번 죽을 뻔하더니 망상이 심해졌군요."

냉랭하게 말한 유화란이 굉유의 상처 부위를 손가락으로 쿡 찔렀다.

"으아!"

굉유의 몸이 크게 들썩였다.

이인용 이불이 허공으로 휘날릴 정도의 반응.

아프기는 더럽게 아픈 모양이었다.

"요녀 맛 또 볼래요?"

"아니, 잘못했소."

금세 비굴해지는 굉유였다.

"그렇게까지 할 필요는 없어 보이는데."

유화란이 살짝 돌아보니 질린 얼굴의 현월이 있었다.

그녀는 한쪽 눈을 살짝 찡긋해 보였다.

"심문을 할 거면 기세에서부터 이기고 들어가야죠."

"기세?"

"당신은 이런 쪽은 잘 모르나 보군요. 이런 사람들에게 자칫 얕보이면 아무 정보도 빼낼 수 없어요."

새침하게 말하는 유화란의 지적에 현월은 고개를 끄덕일 수밖에 없었다.

생각해 보면 죽이고 제거하는 일만 해왔지, 누군가를 심문하고 협박하는 쪽엔 능하지 못한 그였다.

아무래도 이번 일은 그녀에게 일임하는 게 나아 보였다.

유화란이 굉유를 보며 싱긋 웃었다.

"그럼 계속 담소를 나눠볼까요, 스님?"

"…담소?"

"담소가 아니라면, 화담이라 해야 할까요?"

그리 말하며 연신 미소를 띠는 유화란.

나비들이 노니는 꽃밭처럼 화사하기 그지없는 미소였으나, 굉유가 보기엔 나찰의 귀면상(鬼面像)과 다름없어 보였다.

"암제에 대해서, 소림은 얼마나 알고 있죠?"

"그걸 내가 말할 것 같은가?"

"아, 그래요?"

유화란이 손가락을 슬쩍 세워 보였다.

"악독하고 자비 없는 놈으로 사룡방과 은호방이 사라진 여남의 뒷골목을 일통했으며 유성문주 유백신에게 치명타를 입힌 자라고 알고 있소."

경전 읽듯 말을 쏟아내는 굉유였다.

유화란은 두 눈을 동그랗게 뜨고 있다가 픽 웃었다.

"사찰에 대한 애정은 별로 없나 보군요?"

"그게 뭐 밥 먹여 주는 건 아니니까."

"그러고 보니 채식만으로 용케 그 몸을 유지하고 있군요.

그게 아니면, 다른 방법이라도?"

"흠흠."

"엽사들인가요?"

"…그렇소."

기어들어 가는 목소리로 대답하는 굉유였다.

현월이 물끄러미 보고 있자니 유화란이 설명했다.

"엽사들이 잡은 동물을 얼마 주고 샀을 테죠. 체구를 생각해 보면 어지간한 새끼 사슴쯤은 한 끼에 해치울 수 있을 것 같네요. 소림 방장쯤 되는 분이 그걸 모르지는 않겠고, 아마도 알면서 묵인해 주고 있었겠죠."

굉유의 얼굴이 벌겋게 달아올랐다.

그러고 보면 엽사들을 만나고 왔을 때마다 혜법이 그를 호출해 명아주 나물을 내놓고는 했다.

소화에 아주 좋은 나물인데 자기는 입에 물렸으니 너나 먹으라면서.

당시엔 자길 음식 처리하라고 데려왔냐며 투덜거리곤 했지만, 지금 생각해 보니 그게 아니었다.

"스님……."

굉유의 눈시울이 붉어졌다.

미안한 마음이 왈칵 치솟은 것일 테지만 유화란은 그저 팔짱을 낀 채 바라볼 따름이었다.

"우는 건 미뤄두세요. 알아내야 할 게 많으니."

"대체 뭘 더 알고 싶다는 게요?"

"음, 글쎄요?"

유화란은 현월을 돌아봤다.

그녀의 시선을 받은 현월이 질문을 꺼냈다.

"소림 방장 혜법을 제외하면 댁보다 강한 자는 소림에 몇 명쯤 되지?"

"어림잡아도 족히 열 명은 넘는다! 그뿐인 줄 아느냐? 우리 스님께서 나서시면 네놈 따위는 손가락 하나로 가지고 노실 게다."

"우리 스님이라는 건 방장인 혜법 대사를 가리키는 건가?"

"그렇다!"

"…뭐, 그 정도까진 아니던데."

굉유의 두 눈에서 불똥이 튀었다.

"뭣이 어째?"

"아니, 그냥 혼잣말이다."

"그냥 들어 넘길 수 없는 소릴 지껄여 놓고 혼잣말이라고? 네놈이 정녕 죽고 싶어 환장을 했구나. 이 굉유가 몸만 성했던들 네놈의 목을 닭 모가지 비틀 듯이 비틀었을 텐데!"

쩌렁쩌렁한 소리에 유화란이 아미를 찌푸렸다.

그녀가 다시금 손가락을 들어 보이니 굉유는 삽시간에 얌

전해졌다.

유화란은 현월을 돌아봤다.

"그런데 그게 무슨 얘기였어요? 혜법 대사와 만났던 적이 있나요?"

그녀 역시 내심 궁금했던 모양이다.

현월은 쓴웃음을 지었다.

회귀하기 전의 생에서 그를 죽였었노라고 말한다면, 저들은 과연 어떤 표정을 지어 보일까?

"그냥 말이 헛 나온 거였소."

"…정말로요?"

"정말이오."

유화란은 더 캐묻지 않고 어깨만 으쓱였다.

"말하고 싶지 않다면 하지 말아요. 내가 그런 걸 채근할 입장도 아니고. 그래도 언젠가, 날 신뢰하게 된다면 가르쳐 줬으면 좋겠어요."

"…그러리다."

심문은 얼마 동안 연이어졌다.

하나 굉유는 정말로 별다른 정보를 알고 있지 못했고, 결국 영양가 있는 정보는 캐내지 못했다.

"스님, 정말 쓸모가 없군요."

"……."

신랄하기 그지없는 유화란의 말에 굉유는 할 말을 잃었다.

*　　*　　*

젊은 중이 암월방을 찾아온 것은 사흘 뒤의 일이었다.

마침 장원 마당을 지키고 있던 이는 궁사독이었다.

그는 젊은 중의 외관을 보자마자 본능적으로 깨달았다.

'소림의 무승!'

분명했다. 비록 통이 넓은 승복으로 가리고는 있었으나, 탄탄한 근육과 균형 잡힌 체형이 그려지는 것만은 어쩌지 못했다.

하남성에서 이 정도의 신체를 지닌 중이라면 답은 뻔한 것이었다.

'기도를 보아하니 못해도 나한급의 무승. 지난번에 잡힌 거구를 데려가려 온 건가?'

아무래도 속히 분타에 보고를 넣어야 할 듯했다.

그런 생각들을 머릿속으로 분주히 이어가며, 궁사독은 얌전히 합장을 했다.

"무슨 일이십니까, 스님?"

합장을 한 젊은 중이 마주 웃었다.

"썩 가서 네놈들의 우두머리를 불러 와라."

"…예?"

"귀머거리냐, 아니면 머저리더냐?"

궁사독은 쓴웃음을 지었다.

"겉보기와 달리 언행이 과격하시군요."

"내 주먹에 비하자면 입은 성인군자나 다름없는 편이지. 그리고 아직 나는 행동을 보여준 적도 없으니, 언행이란 말엔 어폐가 있다."

'사소한 것에 집착하는 성미이기도 하군.'

궁사독은 속으로만 생각했다.

어째 소림의 무승이란 작자들은 하나같이 성깔이 특이한 것 같았다.

'아니, 어쩌면 그 편이 더 어울리기도 하군.'

소림의 무승 하면 가장 먼저 떠오르는 것은 물론 백팔나한이다.

나한이란 아라한(阿羅漢)의 준말.

이는 곧 번민의 굴레를 벗어나 세상을 광휘로써 비추는 성자를 일컫는 것이니, 백팔나한의 성격을 생각해 보면 사뭇 어울리지 않는 것이기도 했다.

때문에 사람들은 항시 수군거리고는 했다.

백팔나한의 나한이란, 나찰이란 본래 단어를 대놓고 부르지 못해 붙여 놓은 가명에 불과하다고.

나찰이란 무엇인가?

불가의 수호신이라고는 하나 그 역시 악귀의 한 갈래.

공포스러운 귀면 아래에 무시무시한 힘을 품고 있는 자들이다.

무승이란 자들은 그런 존재였다.

범화가 재차 말했다.

"안 갈 테냐? 귀찮다면 네 비명 소리로 놈을 불러오는 것도 나쁘지 않겠지. 팔뚝이 거꾸로 접힌다면 만족할 만한 소리가 나올까?"

실로 전투적이기 그지없는 한마디.

궁사독은 젊은 중을 물끄러미 보았다.

'그 새끼, 말 한번 더럽게 하네?'

성미로는 어디 가서 둘째가지는 않기로 소문이 나 있는 그였다.

물론 그 소문이란 것도 하오문 내에서나 떠도는 것이었지만.

'확 붙어버릴까?'

그 역시 대로십삼검의 이름을 달고 있는 하오문의 최정예.

비록 위명에선 많이 뒤처진다고는 하나 소림의 땡추들에게 밀린다고는 추호도 생각해 본 적이 없었다.

하지만 지금은 상황이 안 좋았다.

'굳이 내 실력을 암제 앞에서 보일 이유는 없지.'

곽철의 보고를 받은 하오문의 수뇌들은 오랜 고심 끝에 그를 여남에 파견했다.

우선은 현월을 보필하는 동시에 그를 관찰하라는 이유에서였다.

관찰이란 단어는 실로 많은 것을 내포하고 있었는데, 그가 하오문에 위해가 되는 이라 판단될 시 가차 없이 제거하란 뜻도 담겨 있었다.

지금껏 보아온 암제는 위험한 인물이었다.

그 위험성이 하오문을 향해서도 고개를 돌릴지는 아직 알 수 없었지만 말이다.

어쨌든 훗날에라도 그와 적대하게 될 가능성은 존재했고, 때문에라도 실력을 숨길 필요가 있었다.

'운이 좋구나, 땡추중.'

속으로만 뇌까린 궁사독이 눈을 내리깔았다.

"지금 바로 말씀 전해 드리지요."

"그럴 필요 없어."

현월의 목소리였다.

바깥의 소란을 깨달은 그가 마당으로 나온 것이었다.

이번에도 구태여 얼굴을 숨기진 않은 채였다.

"내가 암제요."

"…호오."

기묘한 탄성을 낸 젊은 중이 이윽고 합장을 했다.

"소림의 무승, 대나한 범화라고 합니다. 방장님의 답변을 전해드리러 왔습니다."

"그러시군. 듣고 있소."

"방장님께서는 그대를 환영하겠다고 말씀하셨소. 허심탄회한 대화를 나누고 싶어 한다고도 전해 달라고 하셨소이다."

"알겠소. 최대한 빠른 시일 내에 찾아가겠다고 전해주시오."

"그러지요."

범화가 고개를 들어올렸다.

"여기까지는 소림의 사승으로서의 임무였소. 지금부터는 소림 대나한의 용건을 해결해야 할 것 같구려."

"대나한의 용건?"

돌연 범화가 진각을 밟았다.

쿵!

장원 전체가 부르르 떨릴 정도의 진동.

지난번 굉유가 펼쳤던 것과 같았으나 보다 거센 위력을 지니고 있었다.

범화의 두 눈이 이글거렸다.

"와라, 빌어먹을 악도여."

사위를 짓누르는 살기가 그의 몸에서 피어났다.

"네놈에게 소림의 무서움을 깨우쳐 주겠노라."

『암제귀환록』 5권에 계속…

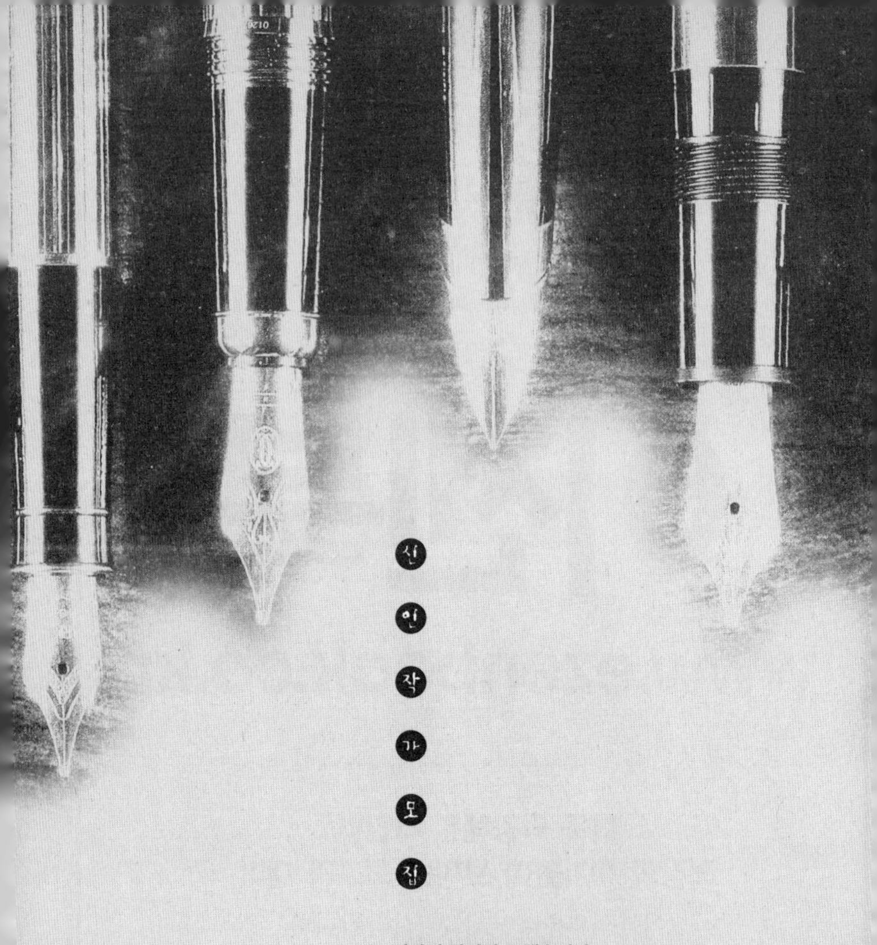
신
인
작
가
모
집

마흔에 이르[illegible]명.
암제([illegible]

무림맹의 충실한 칼날이었던 사내.
그가 무림맹 최후의 날에
모든 것을 후회하며 무릎을 꿇었다.

"만약 그때로 돌아갈 수 있다면……."

사내의 눈이 형용할 수 없는 빛을 토했다.

"혈교는 밤을 두려워하게 될 것이다!"

발행일 2014년 8월 21일

값 8,000원
ISBN 979-11-316-9160-1
ISBN 979-11-316-9054-3(세트)